Harry Thürk

Mord mit zarter Hand

DAS NEUE BERLIN

Die Krimi-Reihe »Delikte-Indizien-Ermittlungen« erscheint im Verlag seit 1970

ISBN 3-360-01219-4

1. Auflage

Rosa-Luxemburg-Str. 39, 10178 Berlin
Umschlag- und Reihengestaltung: Matthias Gubig
Druck und Bindung: Ebner Ulm

Onkel Stan in Macao hatte sich als generös erwiesen.

In meiner Tasche steckte ein Scheck über eine nicht unbeträchtliche Summe, als Vorschuß für eine diskret zu leistende Arbeit.

Vom Anlegeplatz der Hydrofoil-Fähre in Kowloon, wo ich auch meinen inzwischen historisch zu nennenden Toyota stehen hatte, fuhr ich erst einmal zur nächsten Bank. Onkel Stan war zwar nicht als Scheckbetrüger bekannt geworden, sondern als einer der Millionäre von Macao, aber von meiner Mutter, der immer noch gut im Geschäft liegenden Wirtin des *Hibiskus* hatte ich stets eingeschärft bekommen: Vorsicht ist das Schwert des kleinen Mannes!

Also löste ich das fünftausend Dollar schwere Papier gleich ein. Es erwies sich als gedeckt. Ob man mir das erhabene Glücksgefühl ansah oder nicht, jedenfalls hatte ich es. Prompt rannte ich am Ausgang der Bank, den Packen Dollars noch in der Hand, gegen eine junge Lady mit taufrischen Dauerwellen im Afro-Look. Sie kam ins Trudeln. Nicht so sehr durch den Anprall, sondern weil ihre Augen sich wie zwei Samuraischwerter in das Dollarpäckchen bohrten.

Dabei machte sie: »Wow!« Ich ließ das unkommentiert. Mit fünftausend Rettichen in der Tasche läßt man sich auf kein Dämchen ein. (Auch eine der Weisheiten meiner in Wanchai beheimateten Mutter!)

Da ich schon mal bei der Familie bin: Nicht daß Sie denken, Onkel Stan hätte etwas mit meiner Sippe zu tun! Nein. Er heißt eigentlich Stanley Haw, und ihm gehören neun von zehn Spielcasinos im benachbarten Macao. Sie wissen schon, das ist diese Zwergkolonie der Portugiesen, die vor der Rückgabe an China steht, zur Jahrhundertwende. Altes Piratennest, das die Sammler aus Lissabon sich aneigneten, als die Chinesen vermutlich noch gar nicht genau wußten, wie groß ihr Reich überhaupt war. Schönes Stück altes China übrigens. Wenn die Pekinger Chefs klug sind, lassen sie es nach der Eingliederung so wie es jetzt ist. Samt der Spielcasinos, die zugegeben nicht gerade von Marx oder Lenin erfunden wurden, die aber, wenn man sie auch so läßt, wie sie jetzt sind, dem Staat ungeahnte Mengen von Devisen einbringen können. Weil nämlich den meisten Leuten in unserer Gegend der Welt Las Vegas zu weit weg liegt. Nach Macao kommen sie lieber, wenn sie aus Geld neues Geld machen wollen. Es wird ihnen egal sein, ob da irgendwo draußen Portugals Fahne flattert oder die Chinas. Und – man muß ja das rote Staatstuch nicht ausgerechnet über dem Eingang hissen! Außerdem, statt der *Internationale* oder *Osten ist rot* kann man ja in den Salons zu vorgerückter Stunde ebensogut *O Sole Mio* spielen. Würde sich sogar gut machen, sozusagen als Sehnsuchtsschrei nach Licht, im Dämmer des elektrischen Firlefanzgeflackers über den Roulettetischen.

Na ja, wenn ich es mir genau überlege, ist Wirtschaftsberatung eben doch nicht so sehr mein Geschäft. Lassen wir das.

Zurück zu Onkel Stan. Feiner Mann. Ein paar Millionen auf der Kante. Zweistellig. Und dazu das Eigentum in Macao. Portugiesischer Paß, für alle Fälle. Zweitwohnung in Portugal. Auch für alle Fälle. Strohblonde Frau. Für einige Fälle. Aber Sorgen ...

Wir saßen im *Palace,* in der Etage über den Spielsälen, in seinem Büro, das eher aussieht wie das Herrenzimmer eines Playboys, der die Erbschaft seiner ledigen Oma verfeuert. Und parallel mit dem Genuß eines Rotweins, wie er wahrscheinlich nicht einmal am britischen Königshof zu Familienfeiern ausgeschenkt wird, erzählte Onkel Stan mir, weshalb er mich eingeladen hatte, nachdem ich ihm vor langer Zeit, als ich noch Polizist in Hongkong war, einmal einen unbedeutenden Gefallen hatte tun können.

»Ich hörte zufällig, daß Sie sich verändert haben«, sagte er. »Jemand machte mich aufmerksam, daß Sie den Beruf eines Privatdetektivs mit bemerkenswertem Erfolg betreiben. Bringt sicher mehr ein ...?«

Ich bestätigte das. Ob er auch wußte, daß ich die Polizei damals nicht ganz freiwillig verlassen hatte, sondern weil ich unglücklicherweise bei einer Razzia den Gouverneur in Unterhosen bei einem Blumengirl antraf und er den etwas längeren Arm als ich hatte? Gentleman, der er war, würde er das nie erwähnen!

»Sie wissen, daß ich eine Nichte in Hongkong habe?«

»Ist mir bekannt«, gestand ich. »Madame Ronaldo. Juwelen.«

Er nickte. Machte ein unfrohes Gesicht. Dann eröffnete er mir: »Ich wollte Sie bitten, sie zu suchen.«

»Moment«, bat ich, »soll das heißen, sie ist verschwunden?«

»Seit einer Woche.« Er schluckte. Machte eine Pause, dann erklärte er mir: »Sie ist die Tochter meines einzigen Bruders. Er verstarb vor einigen Jahren. Unglücklicherweise kam ihr Mann vor einiger Zeit bei einem Flugzeugabsturz um. So ist sie meine einzige lebende Verwandte ...«

Ich hatte davon gehört, daß unlängst Mister Ronaldo als einer von drei Hongkongern umgekommen war, als eine Maschine kurz nach dem Start in New York ins Meer fiel. Um höflich zu sein, murmelte ich: »Das tut mir sehr leid für Sie. Es ist immer schmerzlich, wenn so ein Unglück in die Familie einbricht ...«

Er überging das. Während er mir schilderte, wo sich das Geschäft der Verschwundenen befand und wer dort die Aufsicht hatte, überlegte ich, ob es Argumente gab, die dagegen sprachen, diesen Auftrag anzunehmen. Es fielen mir keine ein. Die abgängige Frau war noch keine vierzig Jahre alt. Bei *Ronaldo Juwelen* handelte es sich um ein altes, renommiertes Geschäft, das den Ruf hatte, exzellenten Schmuck anzubieten. Es gab Leute in asiatischen Ländern, die flogen nach Hongkong, wenn ihre Gattin Geburtstag hatte. Oder ihre gegenwärtige Nebenfrau. Daß sie nicht gerade aus Slums kamen, nicht einmal aus Eigentumsetagen, sondern aus den Vierteln, in denen etwa der Sprößling einer Familie Wang schon in der Schule mit »Junger Herr Wang« angeredet wurde, wußte ich. Das Geschäft selbst kannte ich auch. Südliche Nathan Road. Kowloons illusterster Einkaufsbezirk. Vier Schaufenster in der Größe von Fußballtoren. Von der Zwölfeinhalbtausend-Dollar-Uhr für den Herrn, der sonst alles hat, bis zur platingefaßten schwarzen Perle das ganze Programm für den modernen Steuerbetrüger, der keiner Bank mehr traut. Was sollte an einem Auftrag aus dieser Ecke des Hongkonger Geldadels faul sein? Nicht einmal an Onkel Stan war auch nur das geringste faul. Im Gegensatz zu den Leuten, die um seine Roulettetische herum wuselten, zahlte er garantiert seine Steuern pünktlich. Nicht weil er den Staat so sehr liebte, nein, er wußte, daß die Behörden nur auf einen Fehler von ihm lauerten, um zuschlagen zu können ...

Als er mich erwartungsvoll ansah, gab ich mir Mühe, wenig beeindruckt zu erscheinen. Das macht sich immer gut bei Verhandlungen über den Preis.

»Wollen Sie mir helfen, Mister Lim Tok?«

Ich nickte. »Ich werde tun, was ich kann. Wer hat bei der Polizei in Hongkong die Sache in der Hand?«

»Vermißte Personen. Der Beamte heißt Nelson Quok.«

Den kannte ich noch aus meiner Polizeikarriere vor dem Fehltritt des Gouverneurs. Redete nicht viel, war aber zuverlässig. Wir hatten ihn in Abwandlung seines Namens meist »Nello« gerufen. Er trug seine Haare damals so lang wie die Sekretärinnen ihren Pony.

»Und Sie haben keine Ahnung, ob Ihre Nichte etwa überhastet verreist sein könnte? Oder ob sie jemanden besucht hat ...?«

Er schüttelte den Kopf. Onkel Stan, der weltläufige Gott der Casinos von Macao, war ratlos.

»Ich habe überhaupt erst Tage später von ihrem Verschwinden erfahren. Die Leiterin des Geschäfts rief an. Miß Silva. Eine alte Vertraute der Familie. Meine Nichte hat sich weder abgemeldet, noch hat sie die Absicht geäußert, jemanden aufzusuchen. Sie hat auch nicht angerufen, nichts ...«

»O. k.«, sagte ich. »Ich werde Miß Silva befragen. Und ich werde meine Fähigkeiten voll einsetzen, um die Sache aufzuklären. Wir bleiben in Kontakt ...« Was man einem Klienten eben so versichert, wenn man engagiert wird.

Er griff nach seinem Scheckbuch. »Sie werden Auslagen haben ...«

Was er aufschrieb, langte nicht nur für die voraussichtlichen Ausgaben, es deckte meiner Schätzung nach gleich das Honorar mit ab. Ich verkniff mir eine Bemerkung. Vermied auch übermäßige Dankbarkeitsbezeigungen. Onkel Stan hatte mich nicht wie einen Dienstleister behandelt, das wies der Scheck aus, sondern wie einen gleichwertigen Gentleman. Und Gentlemen pflegen über Geldsummen nicht zu reden.

Ich ließ mir Zeit mit der Heimfahrt nach Aberdeen, zu meiner Wohndschunke. Pipi, meine Dauerfreundin, hatte ohnehin noch Rezeptionsdienst im *Excelsior.* Müde war ich um diese Zeit, am späten Nachmittag auch noch nicht.

Es fiel mir ein, daß ich Nelson Quok anrufen könnte, bei der Polizei, den Mann, dem Stanley Haw das Verschwinden seiner Nichte gemeldet hatte. Für einen Privatdetektiv wie mich sind Kontakte zur Polizei unbezahlbar. Man kann über die Aussitzer in den Behörden denken, was man will, aber es gibt ein paar ganz praktische Überlegungen. Einerseits lieben die Kerle es nicht, wenn sie plötzlich und unerwartet auf jemanden stoßen, der in der gleichen Brühe rührt wie sie. (Wobei erzürnend ins Gewicht fällt, daß der dafür meist besser bezahlt wird!) Und andrerseits kann man als Privatermittler sehr viel aus dem machen, was diese Leute schon herausgefunden haben. Der Trick besteht darin, es ihnen zu entlocken. Doch darin habe ich eine gewisse Übung. Man kann, wenn man gut mit ihnen auskommt, sogar Daten aus ihren

Computern erfahren, sich über die Strafregister von Verdächtigen aufklären lassen, überhaupt Tips aller Art von ihnen beziehen. Ich praktiziere das schon längere Zeit mit Bobby Hsiang, meinem alten Freund aus der Branche Schwerverbrechen. Wir hatten beide mal als Streifentraber angefangen, so etwas begründet meist eine stabile Freundschaft. Nelson Quok kannte ich ebenfalls gut genug, um ihn anzubohren. Also fuhr ich auf den Parkplatz am Ocean Terminal und tippte seine Nummer in mein Handy.

»Nicht möglich!« begrüßte er mich mürrisch. »Du willst etwas von mir wissen? Oder – warum rufst du sonst an?«

Ich lobte seinen Scharfsinn. Und dann erkundigte ich mich: »Wo ißt du nachher?«

Er begriff sogleich. Nello benötigte auch früher nie lange Erklärungen, er war ein cleverer Mann. Unverheiratet, einigermaßen gut aussehend und recht sparsam, weil er sich für die alten Tage eine Kneipe in den Kopf gesetzt hatte.

»Schlag was vor«, verlangte er ohne lange Zusatzfragen.

Ich bot ihm das *Hibiskus* an, die Burg meiner Mutter in Wanchai. Es war ohnehin Zeit, wieder einmal bei ihr hereinzuschauen. Nelson Quok schien das zu gefallen. Aber er wollte wissen: »Was hat denn deine alte Dame so auf der Speisekarte?«

»Freund!« warnte ich ihn, »sag nie zu ihr ›alte Dame‹! Sie drischt dir ein Tablett über die Rübe!

Es gibt im *Hibiskus* alles was die Magensäfte fließen läßt. Du kannst sogar australische Heuschrecken haben, geröstet, mit Pistazien garniert. Oder Affenhoden in holländischer Sauce ...«

»War schön, wieder mal von dir zu hören!« Ich hatte seinen Nerv getroffen, Nello war ein konservativer Esser, der exotische Ausflüge nicht so sehr schätzte. Am liebsten muffelte er zu unserer gemeinsamen Zeit McDonald-Fritten an der Bude. Schnell besänftigte ich ihn: »Komm, komm, Junge, meine Mutter kocht dir auch ein Irish Stew, wenn du darauf bestehst! Um sechs?«

Ob er sich denken konnte, was ich von ihm wollte? Denn nur um unsere alte Freundschaft aufzufrischen würde ich ihn nicht einladen, so einfältig war er nicht, das anzunehmen. Bobby Hsiang, bei der gleichen Behörde, mit dem ich öfters einmal zu tun habe, offenbart beispielsweise ein phänomenales Gespür, was das angeht: Er überrascht mich immer wieder damit, daß er mir sogar voraussagt, weshalb ich ihn treffen will, noch bevor ich hervorgedruckst habe, um was es mir geht.

»Also um sechs!« quittierte Nello schließlich mein Angebot. Ich war erleichtert.

Mit knapper Not schaffte ich es durch den Tunnel von Kowloon nach Victoria hinüber, bevor der Abendverkehr so richtig anlief. Am *Excelsior* bekam ich sogar einen Parkplatz, und als ob mein Glück nicht abreißen wollte, hatte Pipi eine Laune wie an einem Feiertag – Edward Toole, der Manager von *Happy Valley,* ein alter

Stammgast des Hotels, hatte ihr vor einer halben Stunde aus Freude über ein schnell von ihr herbeizitiertes Taxi eine Halbjahreskarte für sämtliche Pferderennen geschenkt.

»Zwei Personen!« Sie strahlte mich an. Toole, damit keine Mißverständnisse aufkommen, hatte den Lenz seines Lebens etwa fünfzig Jahre hinter sich, war also in zumindest einer Hinsicht jungen Damen gegenüber unverdächtig.

Ich erkundigte mich vorsichtig, wann meine unersetzliche Freundin Feierabend machen könne, und – ein Glückstag eben – sie winkte einer Kollegin, die sich abseits mit einer Lady unterhielt. Griff unter die Rezeptionstheke nach ihrer Umhängetasche, und noch bevor mir etwas Gescheites einfiel, war sie in die Garderobe geflitzt, um Farbe aufzulegen.

Ihre Ablöserin nahm ihren Platz ein. Lächelte mich an: »Pläne für den Abend, Mister Lim Tok?«

»Berge davon!« konnte ich gerade noch sagen, da flitzte Pipi schon herbei. Ich griff ins Jackett. Holte den Packen Dollars hervor und ließ sie einen Blick darauf werfen.

Wie die junge Afro-Dame am Ausgang der Bank vorhin, machte sie: »Wow!« Schien sich um eine Mode zu handeln.

Nach einer Weile, während wir zum Parkplatz gingen, neckte sie mich: »Hast einen Maharadscha erschlagen?«

»Seinen Buchhalter«, gab ich im gleichen Tonfall zurück. Sogar der Toyota schien guter Laune zu sein, er sprang ohne die zuweilen nötige Leierei sofort an.

Meine Mutter ist eine seelengute Frau. Nur daß ich nicht mehr Polizist bin, ärgert sie gelegentlich immer noch. Aber wenn ich Pipi mitbringe, ist sie wunschlos glücklich. Mit ihr versteht sie sich so gut, daß sie mich ständig ankratzt, weshalb ich sie nicht endlich offiziell heirate.

Diesmal fiel das aus, denn Nello war inzwischen eingetroffen. Mutter hatte ihn an einen Tisch in einer Nische plaziert und ein schwarzes englisches Bier vor ihn hingestellt. Daß sie damit genau seinen Geschmack traf, ahnte sie nicht. Nello war ein Bier-Freak, besonders wenn es sich um Ale handelte.

Pipi winkte mir zu: »Mach mal mit deinem Untersheriff, ich habe was mit Mutter zu bereden ...«

Der Herrscher über die vermißten Personen trug die Haare etwas kürzer als früher. Sah gut genährt aus, machte aber immer noch das gleiche verbiesterte Gesicht, als er mich begrüßte. Um uns herum summte es japanisch. Die Touristenströme aus dem Inselreich rissen nicht ab, denn meine Mutter brachte es fertig, den Reiseveranstaltern einzureden, die kleinen Männchen und Weibchen mit den teuren Kameras wären bei ihr am besten aufgehoben.

Am Rande des japanischen Einflußgebietes saßen noch ein paar Europäer und Australier, die verzweifelt versuchten, mit den Stäbchen klarzukommen. Die Sorte eben, die *Suzie Wong* gelesen hatte und nun unbedingt die Heimat der unvergeßlichen Prinzessin des Lasters aus der

Nähe sehen wollte. Dabei war das, was die Suzie-Wong-Romantik ausgemacht hatte, längst ausgelaufen. Nur Randfiguren der Szene standen heute noch in Minifähnchen, die ihren nackten Hintern umflatterten, und in Hochhackigen am Straßenrand und winkten Autofahrern. Wer von den Damen etwas auf sich hielt, schaffte längst im eigenen Apartment an. Inserierte im *Daily Apple* oder einem anderen Radaublatt.

Mutter hatte eine neue Kellnerin eingestellt, ein sehr junges Mädchen, das aus Kanton herüber gekommen war. Sie sah in mir, dem Detektiv, eine romantische Figur, und wenn ich im *Hibiskus* war, riß sie sich darum, mich bedienen zu können. So erschien sie auch jetzt, glücklich lächelnd, an unserem Tisch und ließ uns aus den Speisen des Tages wählen. Machte mir das Kompliment, ich sähe heute ganz besonders gut aus, was Nello mit kaum unterdrückter Verwunderung vernahm. Stellte uns Schalen mit Erdnüssen und Lotoskernen auf den Tisch, zückte dann den Stift, und als Nello bemerkte, es sei erfreulich viel Schwein im Angebot, klärte sie ihn sogleich auf: »Filet, ja, sehr zu empfehlen. Aber auch die süßsauren Füßchen ...«

Sie betete die Schweinelitanei für Nello herunter, und das eigentlich Interessante daran war, daß sie dabei nicht Nello ansah, sondern mich anhimmelte, und zwar so penetrant, daß ich froh war, Pipi irgendwo in den hinteren Gemächern zu wissen, bei Mama.

Wir einigten uns schließlich auf die süßsauren Schweinsfüße, die Filetscheiben in Austernsoße,

Gurkenschiffchen, Nudelrollen, die unvermeidlichen Chiao Tse, und ein paar andere kleine Leckerbissen zwischendurch. Das Mädchen stellte uns frisches Bier hin, dazu Lychees und Kastanienpüree, bis Nello mit einem ironischen »Hallo!« ihren Blick auf sich zog und ihr bedeutete, die Liste sei so langsam komplett.

Als sie abgeschwirrt war, mit stolz geschwenktem Hintern, meinte der Vermißtensucher: »Die spricht aber komisch ...«

»Kanton«, klärte ich ihn auf. Da machte er große Augen und bekannte: »Hätte nicht gedacht, daß so ein Prachtstück von Sitzfleisch aus dem Mutterland zu beziehen ist ...«

Ich murmelte etwas von den Vorteilen der Globalisierung, und dann widmeten wir uns dem Bier und den Lotoskernen. Eine geraume Zeit verging, in der Nello vermutlich über den Hintern der kleinen Kantonesin nachdachte. Schließlich sah er mich wieder an und fragte zwischen zwei Lotoskernen hindurch: »Und?« Er hörte sich kommentarlos an, was ich ihm von Onkel Stan erzählte und dessen verschwundener Nichte, und daß ich von ihm engagiert worden war. Nach einer längeren Pause, die meiner Darstellung folgte, nickte er und brummte: »Die Madame ist verschwunden. Stimmt.«

Nun kannte ich ihn einigermaßen und wußte, daß man, wollte man etwas von ihm erfahren, schon ein bißchen drängen mußte. Deshalb forderte ich ihn auf, als die Mutterlandsschönheit uns die Schale mit den Filetscheiben gebracht hatte, die Gemüse, den Reis, alles mit süßem

Lächeln garniert: »Sagst du mir was über die verschwundene Millionärin?«

Er ließ sich Zeit. Schaufelte Reis in seine Schale, langte bei den Filetscheiben zu, auch beim Gemüse, grinste dabei, bis er endlich spottete: »Sag lieber Illusionen statt Millionen!«

Nach den ersten herzhaften Bissen ins süßsaure Fleisch entschloß er sich dann, kooperativ zu sein und grunzte ohne aufzublicken in meine Richtung: »Was genau willst du wissen?«

»Keine Millionen auf der Kante von Madame Ronaldo?«

Er schweifte ab: »Deine Mutter ... kocht sie selber?«

»Manchmal. Schulden?«

»Weder noch.«

»Keine Rücklagen, keine Schulden?«

»Du sagst es sehr genau.«

»Und der Mann der Verschwundenen?«

Er kaute genußvoll. Ließ sich Zeit. Schließlich, mit halbvollem Mund: »Du weißt, daß er tot ist. Was fragst du?«

»Auch ein Toter kann Geld haben!«

»Gehabt haben.«

»War er auf der Passagierliste dieser heruntergefallenen Maschine?«

Nicken. Ein langer Zug aus dem Ale-Glas.

»Habt ihr kontrolliert, ob er auch tatsächlich eingecheckt hat?«

Sein Grinsen hätte auf ein Plakat der *Happy Brothers* gepaßt. »So schlau sind wir auch! Er saß in der Maschine. Hundert Prozent.«

»Was machte er überhaupt in New York?«

»Einkauf. Er handelte mit dem Zeug, das er von da bezog. Kannst ihn abhaken. Ist tot. Positiv. Toter kann man nicht sein.«

Es hatte schon Geschäftsleute gegeben, die so in die finanzielle Klemme geraten waren, daß sie einen solchen Unfall nutzten, um zu verschwinden und anderswo ohne Schulden wieder anfingen, neue zu machen. Aber Nello schüttelte energisch den Kopf, wobei er Mühe hatte, eine Ladung Reis und Filet nicht aus dem Mund zu feuern. Holte tief Luft, als drücke ihn die üppige Mahlzeit bereits und entschied: »Definitiv tot.«

»Besonderheiten während des Aufenthalts in New York?«

Nello musterte die verschiedenen Beilagenschalen nacheinander. Entschied sich für einen Griff in süßsaures Grünzeug und klärte mich auf: »Er besuchte zwei Schmuckmessen. Hatte im *Waldorf* gebucht. Zwei Nächte. War dort aber nicht gewesen ...« Dabei guckte er mich an und feixte. »Würdest du als erlebnishungriger reicher Mann die ganze Nacht solo in einem Hotelbett verbringen wollen? In New York?«

»Nicht, wenn ich eine Freundin dort hätte.«

»Na, blendend! Wirst mal ein guter Detektiv!«

»Name?«

»Unbekannt«.

»Erwähnenswerte Umstände bei Mrs. Ronaldos Verschwinden?« ging ich zu einem anderen Thema über.

Nello langte sich ein paar von den Gurkenschiffchen in seine Schale. Ich machte ihn auf die

Nudelröllchen aufmerksam, und er versicherte mir: »Kommen noch! Wenn ich ein, zwei Schweinsfüßchen abgeknabbert habe ...« Er erinnerte sich: »Eeh ... keine Umstände. Nichts an Hinweisen. Kein Verehrer, wenn du das meinst.«

»Atmosphäre in der Ehe?«

Er zog die Schultern hoch. Hielt die Stäbchen einen Augenblick still vor den Mund und sagte: »Kaum was zu erfahren. Nach dem Absturz des Chefs jedenfalls echt aussehende Trauer.«

»Und wo ist das Geld, das die Firma in den vergangenen Jahren eingefahren hat? Kann ja nicht gerade wenig gewesen sein!«

Nello ließ sich nicht aus der Ruhe bringen. »Geld macht nicht glücklich«, brabbelte er mit vollem Mund. »Übrigens, die Gurkenschiffchen sind hoftauglich!«

Gleich auf das Lob setzte ich die letzte Frage: »Das Personal? Wer managt nun den Laden?«

»Misch ... Schilva ...« Nellos Mund quoll über dabei.

»Das ist diese Vertrauensperson?«

»Schieht ... auch ... scho ... ausch ...«

»Zicke?«

Er kaute gelassen. Schluckte. Dann bekam er große Augen. »Himmel, nein! Geh hin. Wirst ganz plötzlich dein Interesse für Frauen im mittleren Alter entdecken!«

Oder für die Künste von Elizabeth Arden, dachte ich. Aber das sagte ich nicht. Nello angelte sich einen Schweinsfuß, und während er ihn von allen Seiten liebevoll betrachtete, ihn hin und her drehte und wendete, schwärmte er:

»Die Frau ist für jede Sünde gut, wenn du mich fragst! Weißt du, daß sie Teilhaberin des Geschäfts ist?«

Ich bekannte: »Habe ich nicht gewußt.«

Er warf mir über den Schweinsfuß einen belustigten Blick zu.

»Übrigens, ich habe selten so gut gegessen wie in diesem Lokal!«

Ich hätte ihm gern noch ein paar Fragen gestellt, aber da rückte Pipi mit meiner Mutter und einem Tablett weiterer Delikatessen an. Mama rief schon aus einiger Entfernung: »So ... Schluß jetzt mit dem sogenannten Arbeitstreffen! Wir werden den Abend genießen!«

Wenig später, an dem überladenen Tisch, hatte selbst ich keine Lust mehr, die Sache mit der verschwundenen Frau noch einmal aufzuwärmen. Zumal Nello nach ein paar lauwarmen Mao Tais die Welt um sich herum verschwommen zu sehen begann.

So artete die ganze Sache in eine Familienfeier aus, an der ein beschickerter Polizeibeamter teilnahm. Wenn ich mich recht erinnere, redeten wir im wesentlichen über den Plan der Stadtregierung, einen neuen Wolkenkratzer bauen zu lassen. Mit hundertzwei Etagen und fünfhundertachtzig Metern Höhe sollte er das höchste Gebäude der Welt sein. Hotels sollten sich darin befinden, Büros, auch Parkdecks. Aber der Höhenrekord würde, wie man neuerdings erfuhr, nur von kurzer Dauer sein, denn in Chicago hatten sich die Stadtväter gleich nach

Bekanntwerden unserer Absicht entschlossen, ihrerseits ein Gebäude zu errichten, das über sechshundert Meter hoch sein sollte. Was bei uns die Gewißheit nährte, die Amerikaner hätten absolut keine eigenen Ideen, sie wären so gut wie immer auf das angewiesen, was wir Chinesen ihnen vormachten.

Gegen Mitternacht, als die meisten Touristen längst in ihre Herbergen aufgebrochen waren, und der ruhigere Nachtbetrieb begann, deutete Nello auf einen Flecken an der Decke und lallte: »J ... j ... jetzt will ich den G ... Gecko, d ... der da sitzt, serviert ... haben! In Ch ... Chilisoße ...!«

Worauf Mutter einen Taxifahrer zu Hilfe rief, der auf den Transport derart geschädigter Gäste spezialisiert war. Er trug Nello aus dem *Hibiskus* heraus, in sein Taxi, und lieferte ihn zu Hause ab.

Mutter wie auch Pipi versicherten mir, sie hätten seit langem nicht mehr einen so spaßigen Abend gehabt.

◆

Haben Sie schon einmal, wenn Sie einem Menschen gegenüberstehen, das Gefühl gehabt, keinen Schlüssel zu ihm zu finden? Sie schwanken schon bei der Begrüßung zwischen einem freundlichen »Hallo!« und dem stinkförmlichen Wunsch für einen guten Morgen. Wissen sich keinen Rat, ob Sie so offenherzig verfahren sollen, wie Sie es gewöhnt sind, denn dann müßten sie einfach hauchen: »Himmel, sind Sie schön!« Aber sie wollen auch keinen Fehler begehen.

Mir ging es mit der Lady Silva so, als ich ihr am nächsten Morgen in dem Schatzkasten von Geschäft gegenüberstand, das dem abgestürzten Herrn Ronaldo gehört hatte, seiner verschwundenen Gattin – und, wenn Nelson Quok nicht geflunkert hatte, dieser Dame.

Ich erinnerte mich an Nellos Feststellung, Miß Silva sei für jede Sünde gut. Wenn ja, dann gab sie das allerdings nicht zu erkennen. Im Gegenteil, sie erinnerte eher etwas an eine Gouvernante. Nur daß sie schöner aussah als alle Gouvernanten, die ich je gesehen hatte.

Nicht hübscher – schöner, wenn Sie erfassen, was ich auf meine unbeholfene Weise sagen will! Hübsch ist Bea Wu, die abends im *Juno* singt, in der Bar des Dachrestaurants im sechsundzwanzigsten Stock, das sich unablässig um seine eigene Achse dreht. Ein hübsches Ding mit einer sympathischen Stimme. Wenn sie in ihrem engen Kostüm bestimmte Bewegungen vollführt, hat es schon Ohnmachtsanfälle im Publikum gegeben. Ich würde nie auf die Idee kommen, sie als ›schön‹ zu bezeichnen. Halten Sie es bitte nicht für Reiskornspalterei, aber ›schön‹, das hat eine andere Qualität. Das paßt auf eine Dame wie Miß Silva.

Sie war so groß wie ich. Hatte die Figur eines Models, das – um die Vierzig vielleicht – einen Tycoon heiratet und nicht unbedingt mehr auf Nachwuchs aus ist. Ihr Haar fiel in sanften Wellen um ihr äußerst sparsam geschminktes, angenehm anzusehendes Gesicht mit den ruhig blickenden, dunklen Augen, aus denen sie mich musterte, wobei ich sofort zu spüren glaubte, daß ich ihr nicht etwa gleichgültig war. Ob ich sie interessierte?

Bobby Hsiang, mein alter Freund, Kollege meiner ersten Erfahrungen im Polizeidienst, der selbst vor der schönsten Dame der Welt keinen Respekt hätte, riet mir einmal, als wir uns über solche Situationen unterhielten: »Du darfst dich nicht beeindrucken lassen. Wenn dir so ein Gefühl ankommt, mußt du sofort schalten. Am nüchternsten wirst du handeln können, wenn du dir eine solche Dame in Unterwäsche vorstellst. Sechs Wochen getragen. Auch den Geruch mußt du dir vorstellen. Und eine Warze auf jeder Arschbacke. Oder, besser noch, einen eiternden Furunkel, das hilft garantiert. Dazu mußt du völlig ungerührt und ohne Bedenken laut rülpsen ... wirst sehen, das killt den faulen Zauber ...!«

Um es vorweg zu sagen, ich brachte es nicht fertig, Miß Silva anzurülpsen. Auch mit dem Furunkel wurde es nichts. Und die Sache mit der Unterwäsche fiel völlig aus.

Ich hatte an diesem Morgen noch einen etwas schweren Kopf, von der »Familienfeier« am Vorabend.

Als ich beim ersten Lichtschein, der durch das Bullauge gekrochen war, die Lider auseinanderzerrte, hatte ich bemerkt, daß Pipi bereits weg war. Obwohl die See ruhig lag und meine in Aberdeen verankerte Wohndschunke nur ganz leicht schwojte, kam mir das vor wie steifer Seegang. Ich schaffte es, mich zu waschen, anzukleiden, und dann pfiff ich mir ein Wallah Wallah herbei, das mich an Land brachte, wo ich einen Becher Tee an einem Trinkhäuschen zu mir nahm. Worauf ich dann die Fahrt quer durch die Insel nach Kowloon antrat. Dort machte ich erst einmal am Bufett des Y. M. C. A.-Hauses den Versuch, meinem Magen etwas Festes zuzumuten. Es blieb sogar drin. Und nun war da Miß Silva ...

Ich nahm die schmale, ungeschmückte Hand, die sie mir hinhielt und deutete eine Verbeugung an. Während ich noch überlegte, womit ich sie wohl am besten beeindrucken könnte, sagte sie mit einer Stimme, die mir noch sanfter vorkam, als die von der Dame »Kleiner Drachen«, die sich beim Sender HKKC immer durch das nächtliche Musikprogramm plaudert: »Ich habe Sie erwartet, Mister Lim Tok. Der gute Stanley Haw aus Macao hat am Morgen angerufen und mir angekündigt, Sie würden kommen ...«

Sie führte mich in einen kleinen, abgeteilten Raum, offenbar ihr Büro. Es hatte gläserne Wände. Ermöglichte freien Blick auf den gesamten Laden, so daß man Kunden und Verkäufer stets im Auge haben konnte.

»Ein Lapsang Souchong?«

Als ich gedankenversunken nickte, sagte sie die gleichen zwei Worte ins Telefon, und Minuten später servierte uns ein junges Mädchen den Tee mit dem unvergleichlich rauchigen Aroma, das er erhält, wenn er über extra harzigem Fichtenholz geröstet wird. Ein »Schwarzer«, den nur Leute mit erlesenem Geschmack zu schätzen wissen.

Ich hatte angenommen, die Wahl dieser Delikatesse würde meinen Status in den Augen von Miß Silva weiter in die Höhe schrauben, aber sie ließ das nicht erkennen. War von einer Höflichkeit, wie sie in solchen Geschäften wohl am liebsten Kunden entgegengebracht wird, die Geschenke mit einem Preis über achthundert Dollar zu kaufen pflegen.

Nach und nach fühlte ich mich in Gegenwart der bezaubernden Frau dann etwas sicherer. Wir kamen auf das Verschwinden der Chefin zu sprechen, und sie schilderte mir ein wenig den Geschäftsablauf, für den Fall, daß ich daraus Schlüsse ziehen könnte.

»... Nein, es gab in den letzten Tagen hier keinen Vorfall, aus dem ich einen Verdacht ableiten würde. Wenn ich es genau überlege, seit Wochen nicht ...«

Sie war von einem Entgegenkommen, das mich überwältigte. Meist sind die Angestellten betuchter Leute ziemlich reserviert, wenn man sie ausfragen will. Nicht sie. Es war buchstäblich eine Freude, mit ihr zu plaudern. Vor allem weil sie nicht durchblicken ließ, daß sie sich etwa belästigt fühlte, nein, sie erzählte, als mache es ihr Spaß. War das wirklich so? Oder gab sie sich nur den Anschein, um mich nicht zu beleidigen? Ich hielt es für echt und nahm bereitwillig auf, was sie auspackte.

»Wissen Sie, Mister Lim Tok, unser Geschäft hat ja eine gewisse Exklusivität. Das siebt Publikum, wenn ich es mit Ihrer Erlaubnis einmal so vereinfachen darf. Leute in Turnschuhen oder in verschlissenen Jeans, so teuer sie auch einmal gewesen sein mögen, Unrasierte oder ähnliche Gestalten sehen wir hier nicht. Wir haben Stammkunden, mit denen stehen wir laufend in Verbindung. Sie werden über den Eingang bestimmter Artikel informiert. Dann besuchen uns Touristen. Auch hier sind es eben nicht die Tagesreisenden, die Billigklasse fliegen, es handelt sich vielmehr ...« Sie zögerte, setzte ihr unnachahmliches Lächeln auf, als sie mich anblickte. »Darf ich sagen, es handelt sich um Betuchte? Nicht um sie abzustempeln – ich möchte Ihnen nur eine richtige Vorstellung von unserem Kundenkreis geben. Sehen Sie, da gibt es alte Bekannte, die reisen bis von Australien her an. Mit dem eigenen Flugzeug. Oder gutsituierte ältere Herren und Damen aus Indonesien, die mit ihren Privatyachten unterwegs sind ...«

Sie verstand es meisterhaft, unserem Gespräch den Charakter einer Befragung zu nehmen. Machte es zu einem privaten Plausch bei Lapsang Souchong, einer legären, beinahe erholsamen Angelegenheit.

Als ich mich nach dem Personal erkundigte, wies sie auf zwei junge Damen, die Kunden bedienten: »Links Miß Fong. Tochter des Reifenhändlers Fong in der Wusung Street, drüben in Hung Hom. Sehr gut erzogen. Will später einmal selbständig werden. Rechts Mrs. Bruce. Ehe endete leider in Scheidung. Kleines Mädchen. Finanziell zwar abgesichert, aber eben an Schmuck interessiert ... sozusagen Kombination von Hobby mit ablenkender Beschäftigung ...«

Dritter im Laden war ein älterer Mann, elegant angezogen, kahlköpfig, mit dicker Hornbrille, die ihm zusätzlich etwas Intelligentes gab. Er ordnete gerade den Inhalt einer Vitrine. »Das ist Mister Wen Tse. Wir nennen ihn Lao Tse. Ist seit Gründung des Geschäfts bei uns. Einer der höflichsten Menschen, die ich kenne. Hat über Schmuck, wie die Chefin immer sagte, mehr vergessen, als wir anderen alle zusammen jemals wußten. Extrem verläßlich ...«

»Muß eine Freude sein, mit so guten Leuten zu arbeiten«, warf ich ein. Sie bestätigte das sogleich. Ich erkundigte mich vorsichtig: »Wie war Ihr persönliches Verhältnis zu Mrs. Ronaldo?«

Prompt versicherte sie mir: »Sehr gut, Mister Lim Tok! Zu beiden ... auch zu dem leider so tragisch umgekommenen Mister Ronaldo war es ausgezeichnet. Nun ja, während einer so langen Zeit der gemeinsamen Arbeit rückt man schon sehr eng zusammen, nicht wahr?«

Ich nickte verständnisvoll. Während sie Tee nachschenkte, schloß ich die Frage an: »Wie sind die Umsätze?«

»Sehr gut. Unsere Einnahmen übersteigen bei weitem die der meisten vergleichbaren Geschäfte in Hongkong.« Nach einem Schluck Tee fuhr sie im Plauderton fort: »Sehen Sie, ich bin ja an dem Geschäft beteiligt? Ich hatte, als die Ronaldos mit dem Schmuckhandel anfingen, geerbt. Mein Vater war Portugiese. Hatte ein Restaurant in Macao. Nach der Scheidung blieb ich bei meiner Mutter. Hier. Aber mein Vater war so anständig, mich in seinem Testament generös zu bedenken. Also hatte ich Mittel ... wir gründeten dieses Geschäft damals gemeinsam ...«

Sie blickte plötzlich auf den Eingang des Ladens. Ein nicht mehr junges Paar war eingetreten. Inder, wie es schien. Der Mann litt an Haarverlust. Dafür konnte sich die Frisur seiner Begleiterin sehen lassen.

Miß Silva sprudelte: »Sie müssen mich eine Weile entschuldigen, Mister Lim Tok. Eben erzählte ich Ihnen noch von den begüterten Kunden, die wir haben – da ist Mister Chakaloo aus New Delhi gekommen, mit seiner Gattin. Immer im Herbst machen sie mit ihrer Motoryacht eine Reise. Sehr reiche Leute. Speiseöl ...«

Sie flatterte den beiden entgegen. Die Begrüßung allein dauerte einige Minuten. Dann wurde geredet. Erzählt. Gestikuliert. Gelacht. Bis die beiden sich an einer der Vitrinen Schmuck auf einem samtbedeckten Tablett vorlegen ließen, verging eine Menge Zeit, in der mich Miß Silva scheinbar völlig vergaß. Ich machte mir einige Gedanken über sie. Das Verschwinden ihrer Chefin hatte sie, wie es aussah, noch nicht in Panik versetzt. Eine wunderschöne Frau mit einem sonnigen Gemüt, sagte ich mir. Von traurigen Gedanken an enge Freunde und Geschäftspartner offenbar nicht ernsthaft beunruhigt ...

Dann erinnerte ich mich an professionelle

Pflichten. Sah mich etwas genauer in dem Büro um. Obwohl mich dabei das Gefühl beschlich, jetzt einen Vertrauensbruch schäbigster Art zu begehen. Der Umlegekalender auf dem Schreibtisch reizte meine Neugier. Er war zu erreichen, ohne daß die Dame Silva das von draußen beobachten konnte. Also zog ich ihn zu mir herüber und blätterte. Aus dem Augenwinkel mußte ich Miß Silva beobachten, um nicht überrascht zu werden, was mir mehr als peinlich gewesen wäre. Aber sie war mit dem Maharadscha in Sachen Speiseöl und seiner Gattin so intensiv beschäftigt, daß ich die Chance behielt, mir die Kalenderblätter genau anzusehen.

Neben den verschiedensten Eintragungen, die sofort als Geschäftsnotizen zu erkennen waren, fanden sich welche, die Anrufe betrafen, Treffzeiten, ja sogar Konzerttermine der offenbar musikliebenden Dame.

Aufmerksam wurde ich auf eine Bezeichnung, die sich, als ich systematisch suchte, jeweils im Abstand von zwei Wochen fand. Ohne Zeitangabe stand da stets »Ti. Wo.« Nur einmal war es mit dem Vermerk versehen: »Ausfall wg. Fernsehrep.«. Ich notierte mir das Datum. Zuletzt blätterte ich noch die Zettel um den Termin herum durch, an dem Mrs. Ronaldo verschwunden war. Drei Tage zuvor fand sich ein Eintrag von »Ti. Wo.«. Und die Datierung ging, wie ich beim Weiterblättern entdeckte, bis zum Jahresende. Ein regelmäßiger Termin mit Ti. Wo. ? Das alles konnte bedeutungslos sein, aber bei Sachen, die man nicht auf Anhieb wenigstens einigermaßen zu definieren imstande war, zahlte es sich immer aus, sie mit ein bißchen mehr Aufmerksamkeit zu bedenken.

Ich behielt genug Zeit, mich in eine auf dem Schreibtisch liegende Preisliste zu vertiefen. Sie gab mir die Gewißheit, daß ich mich nicht in den Kreis der Kunden einreihen würde, auch nicht, wenn ich einmal ein Schmuckstück von bleibendem Wert für Pipi zu erwerben wünschte – die Preise bei Ronaldo's mochten für indische Speiseöl-Maharadschas verträglich sein, für einen mäßig verdienenden Privatermittler wie mich hatten sie Horror-Charakter.

»Ein selten nettes Ehepaar!« schwärmte Miß Silva schon an der Tür, als sie endlich zurückkam. »Zwei Leute, die so unermeßlich reich sind, aber dabei so bescheiden ...«

Ich versuchte es mit einem Spaß: »Hoffentlich haben sie nicht allzu bescheiden eingekauft!«

Sie lächelte wie Fachleute zu lächeln pflegen, die sich über die Unkenntnis eines Laien insgeheim amüsieren: »Das wird sich erst übermorgen herausstellen, Mister Lim Tok. Kunden mit hohen Ansprüchen pflegen sich nicht auf Anhieb im Ladengeschäft zu entscheiden. Mister Chakaloo und seine Gattin haben eine Vorauswahl getroffen. Diese Stücke werden ihnen heute noch in ihr Hotel gebracht, ins *Castle Peak*. Bis morgen abend werden sie in aller Ruhe auswählen. Erst dann wird das Geschäft abgeschlossen ...«

»Oh«, machte ich, »das *Castle Peak* liegt so

herrlich! Mit dem Blick über die Bay, bis Lantau ...« Ich hatte sie mit meinem Scherz nicht erheitern können. Nun beklagte sie sich sacht: »Sehr schön, ja. Nur – seit der neue Flughafen in Betrieb ist, kann von der einstigen Ruhe an der Bay nicht mehr die Rede sein. Die moderne Zivilisation ...«

Ich hätte ihr gern etwas von der Lärmbelästigung erzählt, die von den Bewohnern Kowloons Jahrzehnte hindurch ertragen worden war, wenn eine Maschine nach der anderen zum Greifen nahe im Anflug auf den alten Flughafen Kai Tak über die Häuserschluchten hinweg donnerte, aber ich unterdrückte den Wunsch. Zumal die Lady mir gar nicht mehr zuhörte, sondern etwas versonnen bemerkte: »Mrs. Chakaloo steht übrigens sehr stark auf schwarze Perlen. Sie hat sich sofort in die Garnitur verliebt, die ich ihr zeigte. Wir haben sie erst vor einigen Tagen hereinbekommen. Exzellente Form. Traumhafter Glanz. Und gediegen gefaßt ...«

Schwarze Perlen waren in Mode gekommen. Wieder einmal. Wie so manches, das für eine gewisse Zeit keine Chance gehabt hatte.

»Ich glaube«, fragte ich, »sie kommen aus dem Mutterland?«

Das bestätigte sie. »Südchina, ja. Sie züchten sie dort in Teichen. Süßwassermuscheln. In der letzten Zeit ist die Qualität sehr gut geworden. Und der Einkaufspreis ist moderat geblieben ...«

Sie hatte sich nicht wieder gesetzt. Eine zarte Andeutung, daß es eigentlich nichts mehr gab, was wir noch miteinander hätten erledigen können. Deshalb meldete ich vorsichtig an: »Ich würde sehr gern, wenn Sie die Zeit noch erübrigen könnten, einen kurzen Blick in das Geschäftszimmer von Mrs. Ronaldo werfen ...?«

»Aber ja!« Während sie vorausging, konnte ich mich am Anblick ihrer Rückfront erfreuen. Lohnenswert. Das war nicht mehr ein hüftschwenkender Teenie. Die Frau war erwachsen. Im besten Sinne. Ein Fest für sachkundige Augen, dieses Prachtstück aus dem Zauberland portugiesisch-chinesischer Intimverbindungen vor schätzungsweise vierzig Jahren! Genuß mit zwanzig Prozent. Gab es da keinen erwachsenen Herrn? Oder vielleicht einen jüngeren Glücksjäger? Man hörte in der letzten Zeit immer öfter, daß gerade Frauen dieser Reifegruppe sich ihre Freunde unter den Jahrgängen suchten, bei deren Geburt sie bereits ihren Lehrern schlaflose Nächte bereitet hatten. Aber es wäre eine rüde Entgleisung gewesen, Miß Silva danach zu befragen. Vielleicht verbarg sich hinter der vierzehntäglichen Eintragung »Ti. Wo.« im Kalender ja ein solcher Herr, fiel mir ein. Alle vierzehn Tage! Nun ja, das war nicht gerade ungewöhnlich für eine erwachsene Dame, deren Register schon einige Eintragungen aufwies ...

Sie erwischte mich bei einem versonnenen Lächeln, als sie sich vor einer Tür umdrehte und mir bedeutete, dies sei Mrs. Ronaldos Allerheiligstes. Und sie lächelte ebenfalls. Dann sagte sie mit ernstem Gesicht: »Der Polizist von der Vermißtenstelle hat den Raum auch besichtigt.«

»Hat er etwas entdeckt, das Aufschluß geben könnte?«

Sie bewegte leicht die Schultern unter dem Zweihundert-Dollar-Kattunkleid, das sich an ihre Konturen schmiegte wie eine zweite Haut. »Gesagt hat er nichts.«

Sie schloß die Tür auf. Bedeutete mir, einzutreten. Entschuldigte sich dann: »Ich muß mal wieder nach dem Laden sehen ... Sie kommen einstweilen ohne mich zurecht?«

Mein Nicken fiel hoffentlich nicht zu überheblich aus. Ich gönnte mir noch einmal ihre Rückfront, als sie zum Laden ging. Dann sah ich mich da um, wo Mrs. Ronaldo gewirkt hatte. Auf dem Schreibtisch stand, in einem Teakholzrahmen, ein Foto des Ehepaares. So sah ich zum ersten Mal, daß Mrs. Ronaldo eine auffallend zierliche, feingliedrige Frau war. Die Art von Wesen, das die Zeitungsschreiber gern als »ätherisch« bezeichnen. Wenn sie nicht gleich von »feenhaft« sprechen, oder von einem »fleischgewordenen Zauberwesen«. Weshalb ich so gern die Zeitungen lese. Um meine Bildung sozusagen per Abonnement zu perfektionieren. –

Es war mir klar, daß die Leute von Nello Quok hier schon nach verwertbaren Spuren gesucht hatten, und – wie immer, wenn Polizisten so etwas machen – Belangvolles nicht nur mitgenommen, sondern auch nebenbei getilgt hatten. Aber ich hoffte trotzdem, noch einen Hinweis zu finden, der mir ein Ansetzen ermöglichte.

Bisher hatte sich nichts ergeben, was viel versprach. Also öffnete ich eine Schublade nach der anderen, sichtete Bündel von Gutachten, Kaufvereinbarungen, Rechnungen, Mängelrügen und speziellen Kundenlisten, bis das Papier langsam knapp wurde. Da sah ich mich bei den Getränken in der fahrbaren Hausbar um, klappte sogar die Couch auf, fand Decken und Kissen, durchstöberte das Kabinett mit der Wechselkleidung, und gerade als ich den Kalender durchblätterte, den ich mir bis zuletzt aufgehoben hatte, erschien eine lächelnde Miß Silva wieder und sagte im Tonfall des Bedauerns: »Sie Ärmster! Kein Erfolg?«

Ich hatte entdeckt, daß in dem Schreibtischkalender der Mrs. Ronaldo, der dem von Miß Silva ähnelte, ein Blatt fehlte. Als ich Miß Silva darauf hinwies, nickte sie sogleich und setzte mich ins Bild: »Das ist von der Polizei entnommen worden. Es war der Tag, an dem Mrs. Ronaldo verschwand. Ich kann Ihnen aber sagen, was auf dem Blatt stand, denn ich hatte es mir angesehen, bevor der Beamte es kassierte. Zwei Vermerke gab es darauf. Einer war der Name eines Kunden. Mister Sullivan. Langjähriger Freund des Hauses. Holzhandel, international, in Manila. Er hatte eine Unterredung mit Mrs. Ronaldo, wegen einigen Dutzend gutaussehender Armbanduhren für Damen. Sind als Geschenke für die Gemahlinnen seiner Abnehmer gedacht. Zum christlichen Weihnachtsfest. Mister Sullivan ist Katholik. Wenn Sie seine genaue Anschrift haben wollen, suche ich Ihnen die Bestellung heraus ...«

Ich wehrte ab. War wohl wenig wert. »Und der andere Vermerk?«

»Ach ja! Mrs. Ronaldo war mit dem Organisator einer Modenschau verabredet. Um fünfzehn Uhr, zum Tee. Wissen Sie, wo der KCC liegt?«

Das war eine der riesigen Einrichtungen, in denen sich Geschäfte mit Teehäusern und Nationalitätenrestaurants abwechselten, in einem mächtigen Gebäudekomplex, bei dessen Gestaltung sich – wie das in der ganzen Welt üblich war – die Phantasie unterbewerteter Architekten so richtig ausgetobt hatte. Ich war da nur einmal flüchtig durchgewandert.

»Sie meinen das Ding in der Salisbury Road, wo sie den alten Bahnhof der Strecke nach Kanton mit seinem Glockenturm sozusagen zum Mittelpunkt von diesem Spaßparadies gemacht haben?«

»Das genau meine ich. Ein Mister ... Augenblick ...« Sie griff nach einem Stapel Kundenpost, der auf dem Schreibtisch lag, blätterte kurz und hielt mir dann das Schreiben hin, das ein Mister Bai Liu, General Manager, unterzeichnet hatte. Er wäre glücklich, Mrs. Ronaldo zur genaueren Abstimmung über die Leihgabe von Schmuck für seine Modenschau in den Räumen des *Teesalons zu den zehntausend Buddhas* begrüßen zu können. Beste Zeit am frühen Nachmittag. Aber er sei selbstverständlich durchgehend mit seinen Mannequins da, um die letzten Vorbereitungen abzuschließen.

»Eigentlich keine sehr spektakuläre Sache«, informierte mich Miß Silva. »Wir stellen öfters für solch eine Schau Schmuck zur Verfügung. Per Leihvertrag. Ist für uns eine günstige Werbung. Kostenlos.«

Ich hatte mir die Anschrift Mister Bai Lius inzwischen notiert. Vielleicht war ja ihm während seiner Unterredung mit Mrs. Ronaldo etwas aufgefallen.

So gab es für mich hier nicht mehr viel zu bestellen. Entdeckt hatte ich außer einer umwerfenden Frau nichts weiter, was der Rede wert gewesen wäre. Es würde auf die übliche mühsame Kleinarbeit hinauslaufen, denn nichts, was ich bisher wußte, ließ ein Mordmotiv erkennen. Auf den ersten Blick jedenfalls. Was sich auf den zweiten ergab ... nun ja. -

»Ich habe Ihnen sehr, sehr zu danken!« verabschiedete ich mich deshalb von Miß Silva. Sie nahm das mit einem königlichen Lächeln zur Kenntnis. Zum Wiederkommen forderte sie mich allerdings nicht auf. Aber sie hauchte ein: »Viel Erfolg, Mister Lim Tok!«

Es war Verzauberung auf den ersten Blick gewesen. Und auf den letzten ...

◆

Bis zu jenem Zentrum am alten Kowloon-Kanton-Bahnhof war es nicht weit. Ein wenig enttäuschte mich dort der supermodern eingerichtete *Teesalon zu den zehntausend Buddhas*. Er hatte weder etwas von einem traditionellen Teehaus noch von Buddha. Trotz der vielen Chinoiserie an der Decke und an den Wänden, trotz der nachgemachten großen Fächer, der Rattan-Möbel und der unzähligen Buddhafiguren, die überall herumstanden und hingen. Der Allweise in Varianten, die sich wohl nur chinesische Architekten während ihrer Studienzeit in Amerika ausgedacht haben konnten. Fehlte lediglich der mit dem Big Mac zwischen den Zähnen und der mit der Sonnenbrille von Ray Ban Optics.

Aber der Tee war trinkbar, wenngleich nicht von der erlesenen Qualität wie jener im Büro von Miß Silva. Ich hatte mich in eine Nische gesetzt, nachdem mir die Madame am Tresen auf meine Frage nach Mister Bai Liu versichert hatte, er werde jeden Augenblick erscheinen.

Sein Revier, wenn ich es so bezeichnen darf in meiner Unbildung, was Mode anbelangt, war bereits abgesteckt: aus den hinteren Gemächern zog sich ein Laufsteg durch den Hauptteil des Lokals bis in die Nähe des Eingangs. Die Dekoration war noch nicht vollständig. An der großen, beleuchteten Reklameschrift BAI–LIU–MODEN –INTERNATIONAL fehlten noch einige Buchstaben. In chinesischen Zeichen gab es sie gar nicht. Der Meister baute wohl nicht auf ihre globale Wirksamkeit und blieb lieber in den wohlerprobten englischen Sprachgefilden. Er sah auch genau so aus, fand ich, als er, wie die Tresendame es vorausgesagt hatte, plötzlich auftauchte.

Ich ging ihm entgegen, aber vor mir erreichte ihn ein junges Mädchen, das urplötzlich heranschoß und sich vor ihm aufbaute, ihm den Weg verstellend. Ich hörte, wie sie hervorsprudelte, daß sie schon längere Zeit einen Kurs für

Mannequins besuche, und – sie drehte sich flink um die eigene Achse – ihre Figur, habe man ihr dort versichert, sei genau das, was man auf dem Laufsteg unbedingt sehen wolle.

Mister Bai Liu kam mir vor wie ein Männerliebhaber in der von einem Hippie in Wanchai abgelegten Berufskleidung. Er schien Wert darauf zu legen, daß nicht nur die großzügig seine Blöße verhüllenden Textilien in diesem Sinne wirkten, auch seine Frisur tat das. Strähniges Haar, im Genick zu einem Knoten geschlungen. Selbstverständlich Jeans, an den Knien durchgewetzt, die Schuhe konnten von einer Halde hinter dem Sportplatz oben an der Boundary Street stammen, man erkannte bei genauem Hinsehen gerade noch, daß sie ursprünglich wohl einmal weiß gewesen waren.

»Umdrehen!« kommandierte er. Als das Mädchen seinen Befehl ausführte, griff er ihr ungeniert an den Hintern und befand: »Zu dick. Körbchengröße?«

Sie flüsterte so leise, daß ich es gerade noch hören konnte: »Ah, bitte!«

Er winkte ab. »Zu flach. Milch trinken. Massieren lassen. Von Männern. Mehrzahl. In einem Jahr vielleicht ...«

Sie schien aufzugeben. Wandte sich ab und wischte verschämt über das Gesicht. Ich nahm die Chance wahr und flitzte zu ihm. »Gestatten, Maestro, Lim Tok ...«

»Was – auch modeln? Zu alt, mein Lieber! Ich mache Mode für junge Leute – verstehen Sie, – j. u. n. g. e !«

Am liebsten hätte ich ihn aufgefordert, sich seine Mode dorthin zu stecken, wo es bei ihm am wärmsten war, aber ich bin eben ein Meister der Selbstbeherrschung, und so lächelte ich unwiderstehlich und gab ihm ebenso akzentuiert Bescheid, wie er das Mädchen abgefertigt hatte: »Verzeihung, ich arbeite im Auftrag der Verwandtschaft von Mrs. Ronaldo. Sie wissen schon, die Schmuckhandlung R. o. n. a. l. d. o. Das sind die netten Leute, die Ihnen für Ihre Shows den Schmuck leihen, der um die Hälse Ihrer Models hängt, und an den Ohren, an den Händen ... Sind Sie jetzt auf dem laufenden? Eine kurze Frage hätte ich ...«

Ich hatte ihn wohl gekränkt, denn er erkundigte sich boshaft: »Was sind Sie denn für einer? Und was ist mit der Ronaldo-Sippe?«

»Madame Ronaldo«, klärte ich ihn ungerührt auf, »verschwand. Abgängig, verstehen Sie? Weg. Ohne Adresse. Sie waren der letzte, der mit ihr sprach. Hat sie Ihnen angedeutet, wohin sie wollte, nach dem Gespräch mit Ihnen?«

Er ließ sein Hippie-Getue. Deutete auf den nächstbesten Stuhl. Setzte sich mir gegenüber. Fragte sachlich: »Mrs. Ronaldo ist verschwunden?«

»Seit jenem Tag, als sie bei Ihnen war, hier.«

Er dachte eine Weile nach. »Und nicht wieder aufgetaucht?«

Ich schüttelte den Kopf. »Nichts von ihr zu hören.«

»Was soll das sein? Kidnapping? Gibt es Forderungen?«

Wieder verneinte ich. Er brummte nach einer Weile: »Absurd. Wer sollte ... nun ja, sie hat ein Geschäft, das seinen Mann ernährt, da wäre schon was zu holen. Kommt in Hongkong ja öfter vor, nicht? Aber wenn Sie sagen, da war nichts ...«

Er sah mich ratlos an. »Wie kann ich Ihnen helfen? Mrs. Ronaldo ... ich habe mit ihr gern zusammengearbeitet ... wir hatte beide etwas davon, ich den Schmuck und sie die Reklame ... Wir machen das schon längere Zeit so ...«

»Sie könnten mir sagen, ob Ihnen etwas an ihr aufgefallen ist, an jenem Tag. Etwas Besonderes.«

»Nein. War so wie immer. Hatte es ein bißchen eilig. Wartete wohl jemand auf sie.«

»Hier? Vor dem Zentrum?«

»Keine Ahnung. Sie telefonierte mit jemandem. Handy. Sagte, daß sie gleich da wäre. So etwas ähnliches. Ich dachte, es ist ihr Laden, der sie da anruft ...«

»Vielleicht einer der Kunden, denen sie Schmuck zur Ansicht überlassen hatte?«

Er bewegte die Schultern. »Möglich. Ich habe da nicht so genau hingehört. Waren ja auch nur ein paar Worte, die sie sagte. Himmel, das ist aber schlimm! Ich kann nur hoffen, ihr ist nichts Übles zugestoßen. Vielleicht eine überhastet angetretene Reise ...?«

Diesmal war ich an der Reihe, die Schultern zu bewegen. »Nicht sehr wahrscheinlich. Aber, nun ja, Mister Bai Liu, falls Sie etwas hören sollten, was mir bei der Suche helfen könnte ...«

Ich drückte ihm meine Karte in die Hand, und er nickte, etwas abwesend. Stammelte, daß er natürlich gern helfen wolle, wenn möglich. Die Nachricht schien ihn ernsthaft beunruhigt zu haben. Er blieb sitzen, als ich ging. Die Liste derer, die ich unbedingt im Auge behalten mußte, würde er wohl nicht anführen.

Was tut man, wenn man zwar einige Leute kennenlernen konnte, für die zur Aufklärung einer Sache nötigen Zusammenhänge aber nicht den Schimmer eines Hinweises bekommen hat? Ich habe da in der letzten Zeit die Methode entwickelt, mich in eines der ältesten Restaurants in Wanchai zu setzen, wo ich einigermaßen sicher bin, niemand spricht mich an, so daß ich bei einer Platte Dim Sum und einer Kanne Bier einfach aus meiner Ecke heraus die Gedanken auf die Reise schicken kann. Das hat, zugegeben, große Ähnlichkeit mit der Verfahrensweise der alten chinesischen Philosophen, die immer dann, wenn sie an einer unsichtbaren geistigen Mauer angekommen waren, in ein Kloster verschwanden und dort meditierten, bis neue Eingebungen sich einstellten. Vielleicht ist eben doch nicht alles was die Alten taten, im Zeitalter der globalen Vernetzung Staub von vorgestern!

Ich jedenfalls kehrte im *Hsiao Lung* in Sheung Wan ein, einer der etwa hundert winzigen Kneipen in Hongkong, die sich nach einem kleinen Drachen benennen. Das uralte Wappentier der Chinesen muß mit seinem Namen ja bei uns für die Benennung von so gut wie allen Dingen und Undingen herhalten, für die sich sonst kein passendes Markenzeichen findet, vom Hustenbonbon über süße Limonade bis zum lila Präservativ. Ich hatte mich im *Hsiao Lung* schon des öfteren aufgehalten, wenn ich in Ruhe nachdenken wollte. Der Wirt kannte mich. Zuerst hatte er gedacht, ich sei ein Bürohengst vom Obersten Gericht oder von der auch nicht weit entfernt liegenden Furama-Bank. Bis ich mich dann eines Tages hier mit Bobby Hsiang traf. Der hatte in diesem stillen Refugium vor einiger Zeit einmal amtlich zu wirken gehabt. Jemand erschlug seinen Tischnachbarn versehentlich mit einem der massiv gußeisernen Aschenbecher. Eigentlich wollte er ihn nur während eines Streits durch den Wurf zum Nachgeben bringen, aber unglücklicherweise war es ein Jahrhunderttreffer, und so wurde Totschlag daraus. Der Wirt mußte die Polizei bemühen, worauf Bobby ins Spiel kam, oberster Mordaufklärer, und mein Freund seit den legendären Kindertagen in Wanchai. Später ging ich mit ihm zusammen Streife bei der Polizei, und dann, als Kriminalisten, waren wir wieder in Sachen Mord und Totschlag zusammen. Bis ich die Schale Reis verschüttete, wie man so schön sagt, und mich von der Polizei verabschiedete. Nun hält mich der Wirt wohl für einen Geheimagenten mit besten Beziehungen, ein Eindruck, den ich nicht dementiere, und den ich wohl für ihn manchmal noch dadurch verstärke, daß ich in meiner Ecke über das Taschentelefon halblaut Gespräche führe.

Wie jetzt. Und es war eben dieser Bobby Hsiang, mit dem ich telefonierte, nachdem der leise Piepston mich aus meinen mönchischen Meditationen über das Schicksal von Mrs. Ronaldo gerissen hatte.

»Ich habe es geahnt«, knurrte mein alter Gefährte mich an. »Du sitzt in einer Spelunke und läßt dich von allen Seiten bedienen, während ich für mein Gehalt arbeiten muß wie ein Reisschneider zur Erntezeit!«

Es war zwischen uns seit Ewigkeiten zur Gewohnheit geworden, nicht so ganz todernst miteinander zu verfahren, wenn es sich denn einrichten ließ. Manche Leute sagen Chinesen Humorlosigkeit nach. Stimmt nicht. Selbst Leute wie ich, dessen Vater aus Amerika stammte, bringen es einfach nicht fertig, mit verbiestertem Ernst durchs Leben zu gehen. Weil das Leben für sich genommen ernst genug ist. Weshalb sollte der, der es zu fristen hat, dann auch noch vermuckt sein?

Also pfiff ich zurück: »Das sagt mir ein stinkfauler Beamter wie du? In welchem Kurort am Pazifik wirst du gerade von welchem Gangster freigehalten?«

Er zahlte mit gleicher Münze: »Im Bordell der 314 in Waikiki. Wir haben Triadentreffen, verbunden mit Dividendenauszahlung. Auf meinem rechten Knie sitzt eine Jungfrau. Auf dem linken balanciere ich ein Tablett mit zwei Gläsern. Mir fiel gerade ein, du könntest vielleicht den Wunsch haben, dir eine Leiche anzusehen?«

»Das ist pervers«, entfuhr es mir. »Warum betatscht du nicht lieber den Hintern deiner Jungfrau und vergißt mich? Was für eine Leiche?«

»Prachtstück von Wasserleiche«, gab er Auskunft, mit einem Anflug von Sachlichkeit. Aber nur einem Anflug eben. Denn er fuhr fort: »Acht Tage. Schön aufgequollen. Ganz reizend. Besonders nach dem Essen ...«

»Und ich Idiot dachte immer, du bist mein Freund! Wie heißt er?«

»Sie. Komm in die Pathologie. Ich warte so lange.«

»Eine Frau?«

Er konnte die Scherze noch nicht lassen. »Ja. Nooki hat nach eingehender Untersuchung bestätigt, daß sie weiblichen Geschlechts ist.«

Der Verdacht, daß es sich um Mrs. Ronaldo handeln könnte, lag zum Greifen nahe, wenn mir auch nicht ganz klar war, woher Bobby Hsiang wußte, daß mich ihr Verbleiben interessierte. Auf meine Frage gab er zurück: »Junge, du hast viel von der Polizeiroutine vergessen. Wenn wir zu einer Wasserleiche gerufen werden, piepsen wir natürlich sofort Nello Quok an und fragen, wer vermißt wird. Er war hier. Ist grade wieder weg. Sagte, ich soll dich anrufen. Und jetzt mach dich auf, ich möchte nicht unbedingt noch den Geruch von totem Fisch annehmen!«

Es war tatsächlich die Mrs. Ronaldo, die ich auf dem Bild in ihrem Büro gesehen hatte. Ich erkannte sie, obwohl die Leiche arg gelitten hatte. Der zarte Körper war total zerschunden. Auch das Gesicht. Nooki, der Pathologe, der eigentlich

Nguyen Noo hieß und Vietnamese war, dem es in Saigon nicht mehr gefiel, stand seelenruhig neben uns und kaute an einem Sandwich, während wir die Tote betrachteten. Zwischen zwei Bissen sagte er: »Gezeitenschäden. Hat an einer Stelle gelegen, wo die Oberflächenwellen sie fortwährend hin und her trudeln ließen, über Sand und Klippen ...«

»Fundort?«

Er sah mich an, als würde ich mit meiner Frage sein Eßvergnügen stören, teilte mir dann aber einigermaßen verständlich mit: »Hung Hom Bay. Oben in Kowloon. Nähe Ferry Pier. Da gibt es ein paar Strände mit Seichtwasser. Grobkantiger Felsboden ...«

Er biß wieder in sein Sandwich und setzte mit vollem Mund fort: »Keine Schußwunde. Auch sonst keine große Verletzung. Aber das Genick ist gebrochen. Allerdings war das kein Schlag, etwa mit einem harten Gegenstand – die Stelle, an der man den Bruch konstatieren kann, weist keinen Hautschaden von Belang auf ...«

»Und das bedeutet?«

Er bewegte die Schultern. »Unter Vorbehalt, das Genick war vorher gebrochen.«

»Demnach wäre sie nicht ertrunken, sondern tot ins Wasser geworfen worden?«

Er nickte. »Ihr überrascht mich immer wieder mit eurem Scharfsinn!«

Dann griff er nach einem Kästchen, das auf einem Bord stand, und hielt es mir zum Ansehen hin: ein Brillantring, der Stein hatte die Größe eines überschweren Kirschkerns.

»Linke Hand. Etwa achtzehntausend Dollar.« Er stellte das Kästchen wieder auf das Bord. »Für eure Überlegungen, die das Motiv betreffen.«

»Achtzehntausend, sagst du?«

»Sagt der Taxator in mir, ja.«

»Spuren von Vergewaltigung?«

»Noch nicht zu bestimmen.«

Bobby Hsiang verpestete inzwischen die ohnehin nicht gerade delikate Luft in der Leichenhalle mit dem Gestank seiner *Bastos*, einer Sorte schwarzer Zigaretten, die er schon seit Jahren rauchte, vielleicht um auf diese Weise den Bevölkerungsüberschuß der Chinesen abzubauen. Jetzt sagte er, an dem Giftbolzen vorbei: »Nach dem Aufschnitt werden wir das schriftlich kriegen.« Und zu Nooki gewandt: »Du guckst mal, ob da was mit Vergewaltigung gewesen sein kann!«

Der quittierte das säuerlich: »Gut, daß du es sagst, ich hätte es glatt vergessen! Und jetzt schert euch raus, bevor ihr mir den Fußboden vollkotzt, ich habe heute keine Scheuerfrau!«

»Grippe?« erkundigte sich Bobby freundlich.

»Mutterländische Sparmaßnahmen!« Er deutete zur Tür und griff nach den Gummihandschuhen.

Wir setzten uns draußen auf eine der Steinbänke in die Sonne. Bobby forderte mich auf: »Und nun erzähl, was du weißt ...«

Es ist ein Glücksfall, wenn man auf diese unkomplizierte Weise als Privatermittler mit der Polizei einen Austausch von Kenntnissen bewerkstelligen kann. Wir praktizieren das schon eine ganze Weile, und wir achten darauf, daß es nicht bekannt wird. Jeder hatte seine Rolle. Bobby war das Gesetz. Ich war jeweils der Vertreter von Privatinteressen, die mit denen des Gesetzes nicht kollidierten. Zunächst erzählte ich Bobby von der Auftragserteilung durch Onkel Stan in Macao. Dann schilderte ich ihm alles, was ich bisher unternommen hatte. Er hörte sich nachdenklich an, was ich berichtete. Auch meine Begegnung mit Miß Silva, wobei er meinen Eindruck von ihr teilte. »Ich war mit Nello dort. Sie hielt mich für seinen Assistenten. War mir recht. Noch ermitteln wir ja nicht offiziell wegen Mord. Obwohl, der Pathologe hat kaum Zweifel ...«

Als ich »Ti. Wo.« erwähnte, versprach er mir, das in den Computer zu speisen. Mehr aber interessierte ihn die Kapitalverteilung in der Ronaldo-Firma.

Ich erinnerte ihn: »Es wird beim Familienanwalt sicher ein Testament geben. Aber ich kriege da keinen Einblick. Obwohl. es könnte schon ein gewichtiger Hinweis darin versteckt sein. Vielleicht, daß es die Autorität der Polizei schafft ...?«

Er grinste. »Du brauchst nicht so gewunden zu reden. Ich werde das in die Hand nehmen. Aber ich stelle mir im Augenblick noch die Frage, ob es vielleicht einen ganz und gar banalen Grund geben konnte, die Frau auszulöschen. Liebe? Eifersucht? Ein Verhältnis mit einem Herrn, dessen Gemahlin wenig tolerant war? Oder ein Lustmord?«

Als ich schwieg, setzte er fort: »Diesen Modemann, mit dem sie sich zuletzt traf, können wir auch vergessen. Ist sauber. Nur – wenn alles nichts bringt, dann kann es lediglich noch um Geld gehen, fürchte ich.«

»Erpressung?«

Er wiegte den Kopf. »In ihrem Büro gab es keinen Hinweis darauf. Ich werde mir erst mal die Bankunterlagen ansehen.«

An einer der Küchenbuden aßen wir noch eine Portion Fisch und Chips. Seit unserer Jugend war diese englische Straßendelikatesse, die so gar nicht in chinesische Eßgewohnheiten paßt, unsere geheime Leidenschaft. Danach verabredeten wir, uns gegenseitig zu benachrichtigen, wenn bemerkenswerte Einzelheiten auftauchten, und außerdem wollten wir bei Gelegenheit wieder einmal im *Hibiskus* zum Essen zusammentreffen, um meiner Mutter eine Wiedersehensfreude zu bereiten.

Ich kroch in meinen Toyota und überlegte, was ich wohl jetzt am besten beginnen konnte. Und da fiel mir ein, daß ich bei meinem Besuch in jenem Spaßzentrum in Kowloon, wo ich den Modemanager Bai Liu befragte, etwas versäumt hatte. Eigentlich schon bei meinem Besuch in Mrs. Ronaldos Laden. Ich griff nach dem Handy und rief Miß Silva an, um den Autotyp und die Registriernummer des Fahrzeugs von Mrs. Ronaldo zu erfragen.

Sie brauchte ein paar Minuten, dann teilte sie mir beides mit und fügte an: »Das hat wohl auch der Vermißtenpolizist übersehen, Mister Lim Tok, der Wagen steht sonst immer vor dem Geschäft, aber er ist seit jenem Tag nicht mehr da. Wo er nur sein mag ...?« Ich hatte eine vage Ahnung.

Der Parkplatz beim Spaßzentrum, der früher einmal zum Bahnhof gehört hatte, beschäftigte einen Wärter, der in einer ziemlich komfortablen Bude hauste und in mir zunächst einen Kunden vermutete, also die Tickets schon bereithielt.

Ich klärte ihn auf, daß ich einen dunkelblauen Chevy suchte, der zwischen den etwa dreihundert anderen Wagen, auf ein Stundenticket abgestellt, hier nun schon etwa eine Woche lang parkte. Stellte mich auch noch als Detektiv vor, was aus ihm aber weiter nichts als ein verständnisvolles Nicken herauslockte. Schließlich die freundliche Aufforderung: »Sie dürfen sich gern mal umsehen ...«

Für solche Fälle habe ich immer ein paar amerikanische Grüne in der Brieftasche. Einen davon zog ich nun heraus und übergab ihn dem Wächter. Feierlich. Ungefaltet. Er rieb ihn, mäßig beeindruckt, zwischen Daumen und Zeigefinger. Erkannte, daß es kein nachgemachtes Hochzeitsgeld war, steckte ihn ein, und dann schlug er mir vor: »Wollen Sie mir bitte folgen, Sir ...«

Und ob ich wollte!

Ich hätte laut »Bingo!« rufen wollen, als ich die Nummer des Fahrzeugs verglichen hatte, zu dem er mich führte. Aber ich unterließ es, um ihn nicht zu verwöhnen. Der Chevy war natürlich verschlossen. Aber ich sah auf dem rechten Vordersitz den Einkaufsbeutel mit der Reklameaufschrift *Wing On Emporium* stehen. Ins *Wing On* ging die Hausfrau aus den gepflegteren Schichten, wenn sie erstklassige Zutaten für eine oder mehrere delikate Mahlzeiten kaufen wollte, taufrisch und knackig, wie es die Reklame auf dem Beutel auch in der Unterzeile beschwor. Das Büschel Grünzeug, das oben herausguckte, war allerdings nicht mehr als frisch und knackig zu bezeichnen, eher schon als verwelkt. Es war vermutlich so alt wie das Verschwinden von Mrs. Ronaldo. Eigenartig, wer kauft schon Grünzeug für ein Dinner ein, wenn er anschließend Selbstmord im Wasser verüben will? Das konnten wir wohl endgültig abhaken. Also – Fremdhandlung. Ich sah mich nach dem Wärter um. Der blickte betont unbeteiligt zur Seite.

»Eine Woche?«

Er nickte zögernd. Ich griff in meine Brieftasche und fischte einen weiteren amerikanischen Grünen heraus. Übergab ihn. Fragte dabei: »Und?«

Er ließ sich Zeit, den Greenback in seiner Tasche unterzubringen. Gab sich anstandshalber den Anschein, angestrengt nachzugrübeln. Dann entschloß er sich und vertraute mir an: »Es war eine Dame.«

Er streckte die Hand nach der Seite aus. Sie blieb in der Höhe von etwas mehr als einundeinem halben Meter hängen. »So etwa ... Kam aus dem Zentrum. Ging an mir vorbei. Fuhr aber nicht mit ihrem Wagen weg, sondern mit einem Daihatsu. So ein Lieferwagen, wissen Sie?« Ich wußte ungefähr, wie ein Daihatsu aussah.

»Farbe?«

»Schwarz. Die Dame saß neben dem Fahrer.«

»Ach!«

»Ja. Und zwar völlig entspannt. Weit zurückgelehnt. Sah aus, als ob sie träumte. Augen zu. Dabei ... so schön war der Fahrer eigentlich nicht.«

Er ließ den ausgestreckten Arm sinken. Lächelte mich an, als habe er mir soeben verraten, daß meine Lieblingstochter sich in seinem Revier jeden Abend mit einem anderen Herrn in einem anderen Auto zum Austausch von Zärtlichkeiten träfe, wie feine Leute das nennen, was da so auf Autopolstern stattfindet.

Ich brachte es fertig, mit angemessener Würde zu nicken und dabei zu bestätigen: »Ja, so etwas gibt es.« Dann fragte ich: »Der Fahrer – wie sah er aus?«

Er beschrieb ihn. Danach konnte es der Kellner Tjiän aus dem *Excelsior* sein, wo Pipi an der Rezeption stand, aber ebensogut auch der uneheliche Urenkelsohn von Mao Tse-tung. Immerhin erinnerte er sich noch: »Auf der Rückscheibe, wenn Sie das interessiert, pappte einer dieser Aufkleber vom letzten Miguel-Servantes-Konzert, oben in Ma Tau Wei. Wissen Sie, wo während der Darbietungen der Boden der Freilichtbühne im Erholungspark einbrach und die Leute sich vor Freude nicht mehr einkriegten, weil von dem Dicken mit dem Bass bloß noch der Kopf rausguckte ...«

Ich erinnerte mich. Vor einem halben Jahr. Es war ein Flop gewesen, auch ohne die unbeabsichtigte humoristische Einlage. Ma Tau Wei, überlegte ich. Lag auf Kai Tak zu, den alten Flughafen. Südlich davon lag Hung Hom. Die Bucht, an deren Rand die tote Mrs. Ronaldo angeschwemmt worden war. Die Eisenbahn vom Mutterland her endete dort. Unübersehbare Kaianlagen erstreckten sich da bis beinahe zum Unterwassertunnel hinunter. Und nördlich lag der Steg für die Fähren, die von North Point herauf kamen. Eine geschäftige Gegend. Tausend verschiedene Transportunternehmen operierten ringsumher. Lastwagen warteten in langen Ketten. Überall Berge von Kisten, Containern, Leergut. Gabelstapler befuhren jedes freie Wegstück. Wer in dieser unwirtlichen Landschaft nichts zu suchen hatte, der mied sie. Autos ohne Beulen im Blech gab es hier kaum. Und Leute, die nicht in Overalls herumliefen, mit Schutzhelmen oder Baseballkappen, auch nicht. Wer in diesem Wirrwar nichts zu tun hatte, blieb weg. Allerdings – eine Leiche loswerden, das konnte man hier wohl.

»Ach ja«, hörte ich den Parkplatzwächter sagen, »an der Fahrertür war eine Schrift. Weiß. Auf dunklem Grund. Irgendein Club. Konnte es aber nicht lesen. Ging zu schnell. Gab für mich auch eigentlich keinen Grund, darauf zu achten ...«

Natürlich nicht! Ich überlegte, was ich hatte.

Mrs. Ronaldo traf sich hier mit jemandem, der sie, wie der Modegeck angedeutet hatte, anrief, als sie noch mit ihm parlierte. Fuhr dann mit einem dieser kleinen Daihatsu-Lieferwagen weg, statt mit ihrem Chevy, in dem das Gemüse welkte. Hatte den Kopf weit zurückgelegt. Verträumt. Schlafend? Oder gar ohne Bewußtsein?

Fahrer klein, unauffällig. Rückscheibe des Autos mit Aufkleber verziert, von Pop-Konzert in Ma Tau Wei, vor einem halben Jahr. Liegt nicht weit von der Küstengegend entfernt, wo Mrs. Ronaldos Leiche antrieb. War der Täter von dort?

Der Aufkleber sagte nicht allzu viel darüber aus. Zu solch einem Konzert kamen die Leute bis von Aberdeen her!

Und – ein Clubname auf der Fahrertür? In Hongkong gab es vielleicht eintausenddreihundertzwölf oder ein paar mehr Clubs. Von den Briefmarkensammlern über die verschiedenen Sportarten, die Tierschützer, Schmetterlingssammler, Vegetarier, Amateurköche, Schauspielerfans, Funkbastler, Jesusjünger bis zu den Homoerotikern. Manche Leute zählten sogar die Heilsarmee dazu.

Das Motiv? Welcher Strolch, der einer betuchten Dame zum Zwecke des Ausnehmens das Genick bricht, übersieht einen Brillanten in der Achtzehntausender-Liga. Die ganze Geschichte fügte sich nicht. Der berühmte Zipfel, an dem man das Schleiertuch packte und von dem, was darunter war, wegzog, fehlte.

Nun gab es natürlich auch Leute, die brachten jemanden aus purer Mordlust um. Eine Erscheinung, über die sich eine Menge hochbezahlter Psychologen in diesem zu Ende gehenden Jahrhundert ihre Köpfe zerbrachen. Allerdings – welcher Spontankiller ruft schon jemanden an, der gerade im *Teehaus zu den zehntausend Buddhas* über ein Geschäft verhandelt? Bestellt ihn auf den Parkplatz, um ihn da umzubringen? Oder zum Umbringen wegzufahren? Nichts an diesem verdammten Fall von Verschwinden einer Dame und Wiederauftauchen derselben als Wasserleiche mit Brillanten paßte überhaupt zusammen!

Ich steckte dem Parkplatzwächter vorsichtshalber meine Karte mit der Handy-Nummer zu: »Falls Ihnen noch etwas einfällt, oder falls der Daihatsu mit demselben Fahrer wieder hier auftauchen sollte ...«

Er versprach, mich dann sogleich anzurufen.

Zwei Stunden später hatte ich die Stelle an der Küste von Hung Hom Bay erreicht, an der Mrs. Ronaldos Leiche gefunden worden war. In den Gebüschen in Wassernähe hingen noch Fetzen von polizeilichem Trassierband. Nooki hatte recht gehabt, es gab hier bis weit hinaus seichtes Wasser, und der Grund bestand teilweise aus schrundigen Felsbrocken. Es lag auf der Hand, daß Mrs. Ronaldo hier zwar angeschwemmt worden war, die Stelle aber, an der man sie ins Wasser der Bucht geworfen hatte, sich ganz woanders befand. Wer trägt schon eine Leiche einige hundert Meter durch Seichtwasser, bis sich langsam Tiefe einstellt!

Ich beschloß, mich nicht lange aufzuhalten und erst einmal nach Aberdeen heimzufahren und auszuschlafen. Nötig hatte ich es.

Zuvor rief ich noch Bobby Hsiang an und setzte ihn über das Auto von Mrs. Ronaldo auf dem Parkplatz am Spaßzentrum ins Bild. Riet ihm, den Wächter nach seinen Beobachtungen zu fragen. Wenn wir schon das taten, was die Obrigkeit nicht gern sah, taten wir es doch gründlich. »Danke«, sagte Bobby. »Wir lassen den Chevy abholen. Mit dem Wächter rede ich. Und morgen treffe ich mich mit dem persönlichen Anwalt von Mrs. Ronaldo. Der verwaltet auch die Verfügungen, die für den Fall vorzeitigen Ablebens getroffen wurden. Ruf mich nachmittag an ...«

Als ich mich auf der wie immer um diese Zeit mit Staus gespickten Hong Chong Road in Richtung Tunnel nach Victoria vorwärts stotterte, fiel mir ein, daß ich Bobby eigentlich noch nach diesem ominösen »Ti. Ho.« in Miß Silvas Kalender hätte fragen sollen. Vielleicht war seinem Computer dazu ja schon eine Idee gekommen. Ich schob es auf. Morgen war auch noch ein Tag. -

◆

Der gute Wu, den ich in meinem hauptsächlich als Postadresse benutzten Büro in der Cameron Street aus dumpfem Brüten aufschreckte, sah aus wie ein Fakir, der gerade die Amöbenruhr überstanden hat.

Ich hatte ihn, ohne Miete zu verlangen, hier einziehen lassen, weil die Stadtkasse für so menschenfreundliche Berufe wie seinen ein Entgelt zahlte, das etwa die Hälfte der Summe ausmachte, die ein betuchter Seifenhändler am Sonntag in Happy Valley beim Pferderennen zu verlieren pflegte. Er hatte mir leid getan. War Sozialhelfer. Ehrlich um die gefährdeten Seelen der Hongkonger Straßenkinder bemüht. Hatte einen Mißerfolg nach dem anderen. Gab aber nicht auf.

»Was ist passiert?« erkundigte ich mich, während ich die Post durchblätterte, die er sorgfältig auf meinem Schreibtisch aufschichtete, wenn ich einmal längere Zeit nicht dazu kam, zwischen den Versicherungsangeboten, den Erinnerungen, daß ich lange nichts für Babys in Not gespendet hatte, und den einfachen Prospekten der Pizza-Hütten die Briefe herauszufischen, in denen mir vage ein Job in Aussicht gestellt wurde. Heute war nichts in der Art dabei. Ich ließ den Packen ohne Trauer in den Papierkorb fallen.

Nach einer Weile sagte Wu zaghaft: »Der kleine Bo ...« Verstummte wieder.

Der kleine Bo war der mißratene Sohn seiner ledigen Schwester. Einer jener Jungen, die in den Gassen aufwuchsen, zwischen Schnorrern und Tagedieben, weil die Mütter bei Burger King Suppe rühren mußten, um das freiheitliche Leben bestreiten zu können. Es hatte Ärger mit Bo gegeben, seitdem man ihm in den Gassen beigebracht hatte, wie man eine Damenhandtasche so leert, daß ihre Trägerin das nicht bemerkt. Gelegentlich hatte es eine doch gemerkt, und er war auf frischer Tat verprügelt worden. Ich fragte Wu, ob das auch jetzt wieder geschehen sei. »Vor einer Woche«, eröffnete er mir, »da klaute er der Freundin eines Herrn Jerome Blondel einige hundert Große aus der Handtasche. Sie kam aus einer Bank. Was er übersah, war, daß Mister Blondel gegenüber mit dem Auto auf sie wartete und das Ding beobachten konnte. Er stieg aus und verbleute Bo. Sah die Sache wohl damit als erledigt an. Aber Bo nicht. Und jetzt ...«

Er verfiel wieder in Schweigen. Jerome Blondels Freundin! Ich verbiß mir ein Grinsen. Der gute Jerome war ein Bekannter von mir. Er hatte vor einiger Zeit Louis Mountbatten Fung in der Redaktion des *Island Guardian* abgelöst, als der nach Vancouver auswanderte. Der *Island Guardian* war eines der Blätter, in denen man unter einer Menge Schrott doch hin und wieder einmal etwas fand, das ein Quentchen Wahrheit enthielt. Mit Blondel hatte ich, nachdem das mit Fung blendend geklappt hatte, auch schon einmal das Zuwerfen von Bällen geübt, und wir wußten, daß wir beide davon profitieren konnten. Eigentlich war der Journalist ein vergnügter junger Mann mit genau der Portion Gelassenheit, die man bei einem Hongkonger Boulevardblatt braucht, um sich zwischen dem, was man als Tatsache erkannt hat, dem, was der Verbreitung der Zeitung dient, und den politischen und sonstigen Fallstricken, die der Staat zieht, unbeschädigt und ohne zu stolpern hindurchzulavieren. Wenn er den Gelegenheitsdieb Bo verprügelt hatte, war ihm wohl die Dreistigkeit des Bengels überentwickelt vorgekommen – eine Feststellung, die ich persönlich ebenso hätte treffen können. Nur daß ich vielleicht mit Prügeln nicht so schnell bei der Hand bin wie ein Zeitungsmacher, der ohnehin tagtäglich irgendwelche Leute in seinem Blatt windelweich klopft – bildlich gesprochen, bitte, in tiefstem Respekt vor der Unantastbarkeit der Pressefreiheit!

»Und? Hat er ihn verletzt?«

Wu druckste eine Weile herum, dann bequemte er sich: »Nein, nein. Aber ... der Junge hat da eine Riesendummheit gemacht ... gigantische ... nachher ...«

»Ich höre!«

Er faßte Mut: »Also, er ist in der Nacht in die Redaktion eingestiegen.«

»Bo? Steigt nachts in die Redaktion des *Island Guardian* ein? Wozu?«

Er verzog das Gesicht, als habe er mit einem schadhaften Zahn auf eine Erdnuß gebissen. »Schmiß den Computer aus dem Fenster.«

Ich schluckte erst einmal. Mußte mich wieder beherrschen, um nicht schallend zu lachen. »Du meinst, Bo? Den Computer? Aus dem Fenster?«

»Leider, ja. Fünfte Etage.«

Eigentlich war es egal, ob aus der Fünften oder aus der Zwölften, ein Computer nimmt so etwas übel. Das Schlimme, was ich mir vorstellen konnte, war, daß der gute Jerome Blondel nicht nur den Verlust des Gerätes zu beklagen hatte.

Das ließ sich ersetzen. Die Festplatte mit den gespeicherten Informationen war unersetzbar. Ob er nun Bo wieder verprügelte? Oder anzeigte?

»Hat er ... ich meine Blondel, hat er die Polizei ...?«

Wu hörte wohl nicht so genau hin. Er klagte: »Drucker, Scanner, alles aus dem Fenster. Das ging ebenfalls zu Bruch ...«

»Und du hast Angst, daß Blondel jetzt mit harten Bandagen gegen Bo vorgeht?«

Er sah mich an wie ein Schüler, der seinem Lehrer gerade beichten muß, daß er den letzten Aufsatz über Chinas Wasserwege komplett aus dem *Readers Digest* abgeschrieben hat. »Es war gar nicht Mr. Blondels Computer, den er rausschmiß. Es war der vom Buchhalter. Bo war ins falsche Zimmer geraten ...«

Während ich noch überlegte, wie ich Wu dazu bringen konnte, gemeinsan mit mir über die Story zu lachen. fügte der unglückliche Sozialhelfer an: »Schlimm war ... ein Polizist stand in der Nacht nicht weit von der Stelle, wo der Computer aufschlug. Jetzt haben sie Bo wieder zu einem Vierteljahr Jugendkolonie verknackt!«

Ich versuchte, ihn zu beruhigen: »Das hat er verdient. An Jugendkolonie ist noch keiner gestorben. Besser geworden allerdings auch nicht. Der Buchhalter hätte ihm lieber das Fell versohlen und es dabei belassen sollen, das hilft eher ...«

»Und außerdem muß er den Schaden bezahlen. Ich sammle schon!«

Ob er erwartete, daß ich eine Spende machte?

Ich gab mir Mühe, möglichst unbeteiligt auszusehen. Und dabei fiel mir ein, daß ich erst vor kurzer Zeit an Jerome Blondel gedacht hatte. Nämlich in Miß Silvas Büro, als ich auf ihrem Kalender diese etwas ominöse Eintragung »Ti. Wo.« las, alle vierzehn Tage, und kurz vor dem Verschwinden von Mrs. Ronaldo den Zusatz »Ausfall wg. Fernsehreportage.« Es war mir peinlich gewesen, Miß Silva danach zu fragen, aber mir war durch den Kopf gegangen, wenn ich herausfände, wann ein Fernsehteam »Ti. Wo.« besucht hatte, zwecks einer Reportage, würde ich nicht nur erfahren, wer oder was »Ti. Wo.« war, sondern ich wüßte dann auch etwas mehr über Miß Silva.

Ob das mir nun bei der Aufklärung von Mrs. Ronaldos Verschwinden und ihrem Tod half, oder nicht – meine Neugier würde befriedigt sein. Jerome Blondel, an den ich da kurz dachte, war mir nicht etwa zufällig in den Sinn gekommen. Wie ich wußte, hatte er die besten Beziehungen zu seinen Kollegen vom gesprochenen Wort und gefilmten Unsinn, bei denen ich mich nicht so gut auskannte. Wenn jemand etwas über gelaufene Reportagen erfahren konnte, und dabei vielleicht über »Ti. Wo.«, dann war er das ...

Ich buddelte das Telefon aus einem Haufen Knüllpapier und Zeitungsausschnitten über die Theorie gefährdeter Ersttäter und wählte, nachdem ich sie gefunden hatte, Blondels Nummer.

Er hatte inzwischen die gleichen Sicherheitsvorkehrungen gegen unliebsame Anrufer getroffen, wie sie schon sein Vorgänger Louis Montgomery Fung zu praktizieren pflegte.

Eine Sekretärin sagte mit reizender Stimme: »Sie haben den Anschluß des bedeutendsten Zeitungsmannes in Hongkong gewählt, leider ist er unterwegs, um neue Geschichten zu entdecken. Er bittet Sie deshalb, nach dem Piepston Ihre Botschaft zu hinterlassen. Der Rückruf kann in weniger als einer halben Stunde erfolgen ...«

Weil ich wußte, daß es keine Bandaufnahme war, sondern eine Sekretärin, die tatsächlich den Hörer in der Hand hatte und sich nur als Bandstimme tarnte, um unangenehme Fragen nicht beantworten zu müssen, knurrte ich so unfreundlich es ging: »Für jede Sekunde, die es länger dauert, werde ich Ihnen höchstpersönlich ein Büschel Haare an der empfindsamsten Stelle ausreißen ...!« Dann folgten mein Name und die Handynummer. Noch bevor ich den guten Wu getröstet hatte, es habe schon schlimmere Sünder als den kleinen Bo gegeben, einige hätten es sogar zu Politikerwürden gebracht, jaulte es in meiner Jackettasche.

»Hier ist Jerome Blondel«, kam forsch die Stimme des *Island Guardian*-Machers. »Ich grüße das Auge Hongkongs und sein frischgewaschenes Ohr! Bin bereit zum Mitschreiben!«

Als ich ihn fragte, wie lange er noch in seiner Redaktion zu erreichen wäre, lachte der Bursche und eröffnete mir: »Da bin ich gar nicht, sondern ganz in der Nähe Ihrer Wohngegend. Auch auf dem Wasser. Beruflich. In der Redaktion bin ich morgen vormittag. Worum geht es?«

»Sie sind in Aberdeen?«

»Getroffen. Auf dem Musikdampfer *Yangtse*. Das Schiff lag draußen vor Anker. Eins von mehreren schwimmenden Restaurants. War jeden Abend knallvoll mit Touristen und neugierigen Mutterländlern, die ihr Geld lieber auf einem dieser schaukelnden Scherzartikel loswerden wollten als an Land.

»Bleiben Sie dort!« verlangte ich. »Welcher Salon?«

Aber er protestierte: »No, no! Ich habe diesen schwankenden Eimer satt! Wenn überhaupt treffen wir uns an Land. Ich habe da drüben vor dem Steg die Spelunke mit dem Vogelbauer über der Tür gesehen ...«

Er meinte die *Silberne Nachtigall,* in der hauptsächlich ältere Herren verkehrten, die nicht besonders komfortabel wohnten. Sie pflegten ihre Vogelbauer mit den kleinen Sängern mitzubringen. Ein Teehaus mit Gezwitscher, sozusagen, das nicht berechnet wurde. Lum hatte dort in der Nähe seinen Standort, auch einer dieser Bengels, die sich unter Mißachtung so manchen Gesetzes hier durchschlagen, ähnlich wie der von Wu betreute Bo. Nur daß Lum sich, wie er es nannte, »im ungehemmten Welthandel« betätigte und meines Wissens in den letzten Jahren nicht bei der Polizei aufgefallen war. Er verhökerte aus seinem Bauchladen so ziemlich alles, was die Hand eines gutgläubigen Zeitgenossen in Richtung Taschengeld bewegen konnte.

»Halbe Stunde«, sicherte ich Jerome Blondel zu, und der war sofort einverstanden. Machte mich nur aufmerksam: »Wenn ich nicht drin sitze, hänge ich vorn am Wasser über das Geländer und kotze den Fischen Delikatessen hin – es gab amerikanisches Essen ...«

Lum sah ich schon von weitem. Er verhandelte gerade mit einem Japaner über den Preis eines Amuletts, wobei er mit ungewaschenen Händen und Füßen redete. Außerordentlich überzeugend, wie ich fand. Aber das schaffte er ja immer.

»... Es wirkt eben einfach gegen alles, angefangen von schlechter Laune, über das Gefühl der Einsamkeit oder säuerlichen Mundgeruch bis zu vorzeitigem Samenerguß, wenn Sie wissen, was ich meine ... auch bei Fällen von hartnäckiger Verstopfung gibt es gute Ergebnisse, oder bei Erektionsproblemen, da ist es sogar mehr als nur wirksam, es beugt der Rückkehr solcher Gebrechen vor, und es ist im Preis übrigens nicht etwa zu vergleichen mit den Kosten einer einzigen Sitzung beim Akupunkteur ... Hallo, Mister Lim Tok, ich begrüße Sie! Auch ein dankbarer Kunde von mir, er würde nie auf das Amulett verzichten, selbst seine Freundin hat mir ihre ewige Dankbarkeit versichert, weil die Liebe wieder Spaß macht ... Ach, die Liebe, da fällt mir ein, wenn Sie Schwierigkeiten haben, mit einer Dame bekannt zu werden – auch hier hilft mein Amulett, Sie müssen es nur ganz fest mit der linken Hand umschließen, mit der, die vom Herzen kommt, und dann die Dame mit einem Lächeln anblicken, Sie werden sehen, sie wendet sich Ihnen zu! Das ist der Moment, da müssen Sie ihr einen Gruß zurufen ... das Amulett immer fest mit der Hand umschlossen ...«

So ging das ohne Atempause. Der Japaner kam nicht zu Wort, bis ihm Lum auch noch erklärt hatte, das graubraune Steinding, an dem eine Lederschlaufe baumelte, stamme vom Grab eines der berühmtesten Hofmediziner der Shang-Dynastie, die es im Tal des Hoangho gegeben habe, etwa zweitausend Jahre bevor im vorderen Orient ein Baby namens Jesus zur Welt kam. Er vergaß auch nicht zu erwähnen, daß das Amulett bedeutend wirksamer wäre als etwa die aus der gleichen historischen Periode stammenden Tigerknochen oder die Schildkrötenpanzer. Die einen wirkten nur bei Jägern, die anderen bei Fischern.

Ich hatte stets meinen Spaß, wenn ich Lum traf. Auch jetzt wieder. Dem Japaner, der völlig verwirrt dem Redeschwall zu folgen versuchte, der auf ihn niederprasselte, versicherte ich todernst: »Sie können kein Souvenir von größerem Wert aus Hongkong mit nach Hause nehmen, Sir, ich bezeuge gern die unübertreffliche Wirkung ...«

Er hatte das Geld schon in der Hand. Lum wickelte das Stückchen Gestein in ein nicht mehr ganz blütenweißes Blatt Papier und verbeugte sich hocherfreut über seinen Bauchladen hinweg, als der Tourist generös auf das Wechselgeld verzichtete.

Ich ließ ihn mit dem soeben erworbenen

Schatz abziehen, bevor ich Lum ermahnte, ein Auge auf Pipi zu haben, meine Freundin: »Sie muß bald hier erscheinen. Schick sie in die *Nachtigall*, bevor sie allein zu meiner Dschunke fährt. Ich habe in der Vogelkneipe eine Besprechung ...«

Er sicherte mir zu, sie werde nicht an ihm vorbeikommen. Gerade wollte er, über meine Schulter schielend, seine Litanei von vorn beginnen, als hinter mir die Stimme Jerome Blondels sagte: »Ach nein, bitte nicht, ich bin vom Fach! Meine Familie stammt mütterlicherseits direkt von der Linie der Tang ab, die mit solchen Amuletten noch Feuer schlugen, um ihre Affenhoden zu braten, wenn die Zeiger ihrer Funkuhren sich auf Mittag zu bewegten ...«

Wir schüttelten uns die Hände, während Lum verärgert knurrte: »Hauen Sie ab, Mister, Sie schädigen mein Geschäft!«

»Ein Goldjunge!« lachte Blondel, als wir uns eine Nische gesucht hatten, in der das Vogelgezwitscher aus den Dutzenden von Käfigen, die über den Tischen hingen, unsere Unterhaltung nicht stören würde.

Die minderjährige Kellnerin, von der Eingeweihte wußten, daß sie aus dem Mutterland hierher emigriert war, als Kind noch, lange bevor wir unseren Kolonialstatus gegen den einer »wirtschaftlichen Sonderzone« eintauschten, brachte uns Ingwertee, der um diese Tageszeit sehr erfrischend wirkte. Ich nahm das langgezogene »Aaah!« Blondels nach dem ersten Schluck zum Anlaß, ihn anzubohren: »Und einem so lieben Bengel, ähnlich wie dieser Lum einer ist, machen Sie Schwierigkeiten wegen eines kaputten Computers?«

Er stutzte. Doch dann begriff er, worauf ich anspielte. Lachte vergnügt. Erkundigte sich: »Sie wissen davon?«

Ich sagte ihm, daß ich den Onkel des Jungen kenne. Das beeindruckte ihn nicht sonderlich. Aber er wollte wissen: »Können Sie ein Geheimnis bewahren?«

Nachdem ich das versichert hatte, vertraute er mir grinsend an: »Der kleine Lauser macht das Geschäft seines Lebens während des Vierteljahres Jugendkolonie. Er ist bei mir im Vertrag.«

»Wie das?«

»Nun ja, das Geheimnis: Ich wollte schon lange mal in diese Kolonie hineinlangen, aber es klappte nicht. Dort gibt es einen Mann, von dem wird erzählt, daß er kleine Jungen liebt. Ihnen Vergünstigungen gewährt, wenn ja, und entzieht, wenn nein. Der kleine Bo wird der Sache auf den Grund gehen. Exklusivgeschichte, die dabei herauskommt. Dafür bezahle ich ihn gut. Hätte er ein besseres Geschäft machen können?«

Ich zog ihn auf: »Neulich hat mir jemand gesagt, Hongkonger Zeitungsleute wären wie ein Ekzem. Schwer zu widerlegen, wie?«

Er bewegte nur leicht die Schultern. »Jeder Beruf hat seine trüben Seiten. Jedenfalls habe ich dem Jungen zu einem Bombengeschäft verholfen. Davon kann er leicht und lässig den Computer von unserem Buchhalter bezahlen. War sowieso ein auslaufendes Modell ...« Er zwinkerte mir vergnügt zu: »Sie haben auch etwas für mich?«

Hatte ich? Eigentlich ja. Denn der Stoff um Mrs. Ronaldo würde gut und gerne eine Story in seinem Blatt abgeben. So schlug ich ihm vor: »Ich werde mit der Polizei sprechen, daß sie das Ding noch nicht auspacken. Und von mir bekommen Sie es exklusiv. Unter einer Bedingung ...«

»Gegenleistung? Gern! Sie wissen ja, ich lasse Sie nicht hängen.«

Das stimmte. Wenn Blondel überhaupt so etwas wie Berufsehre hatte, dann praktizierte er sie bei seinen Informanten. Er hätte nie auch nur eine Silbe von einem Text veröffentlicht, die sein Informant nicht veröffentlicht haben wollte. Oder noch nicht. Deshalb konnte ich ihm in aller Ruhe erklären, worum es ging.

Er hatte vom Verschwinden der Juweliersgattin noch nichts gehört, und die Nachricht vom Auffinden ihrer Leiche war von der Polizei ebenfalls noch nicht verbreitet worden. Wir vereinbarten, ich würde über meine Kanäle dafür sorgen, daß er auf jeden Fall die Chance erhielt, vierundzwanzig Stunden schneller zu sein, als die Konkurrenz. Dann schilderte ich ihm die Eintragungen auf dem Kalender von Miß Silva.

»Sie haben sie in Verdacht?« erkundigte er sich, als er alles gehört hatte.

Hatte ich das? Nun ja, verdächtig war jeder im Umfeld eines Mordes. Das ist nicht neu. Ich ging nicht weiter darauf ein. Sagte ihm, daß ich lediglich neugierig sei, was die Eintragungen bedeuteten. So wie alle Detektive, wenn sie gut sind, im Umkreis einer Tat nach Anzeichen für Dinge forschen, die nicht die Regel sind.

Das begriff er. Aber was »Ti. Wo.« bedeuten sollte, konnte auch er sich nicht denken.

Wogegen er mit dem Vermerk des Ausfalls wegen Fernsehreportage schon etwas anzufangen wußte.

»Das ist eine Information, die ich beschaffen kann. Allerdings könnte es eine gewisse Zeit dauern. Ich muß den Koordinator der verschiedenen TV-Gesellschaften und der ausländischen Teams bei guter Laune erwischen. Er hat den Überblick. Können wir ihm etwas zahlen, wenn er darauf besteht?«

Onkel Stan würde das als Spesen akzeptieren. Ich sagte zu. Obwohl diese Fernsehleute wahrlich genug verdienten, und zwar ohne sich zu bücken. Es sei denn sie waren Schauspielerinnen. Die hatten sich neuerdings dauernd zu bücken. Gesichter waren für Bildschirme nicht mehr gefragt. Hintern war in.

»Nicht gerade ein Vermögen«, erinnerte ich Blondel.

Der stimmte mir zu: »Nein, nein, die Preise halten wir schon stabil!«

Dann entdeckte er, daß die kleine Kellnerin ein Tablett mit Gebäck herumtrug, und er winkte ihr, wie jemand, der schon vierzehn Tage Hunger leidet. Aß etwa ein Kilo von den Zuckerkeksen, die heute noch unter patriotischen Hongkongern ein Streitobjekt sind, nämlich ob sie von Kanton, wo sie einige tausend Jahre Zuckerbäckertradition haben, zu uns kamen, oder ob englische Ladies sie einführten, als sie uns beibrachten, daß man seine Geschwister nicht mehr zum Frühstück ißt und um siebzehn Uhr Tee trinkt. Mit Gebäck.

»Ich rufe Sie an!« konnte Blondel gerade noch mit vollem Mund muffeln, als mir Pipi vom Eingang her winkte und ich mich empfehlen mußte. In der Eile merkte er gar nicht, daß ihm die Rechnung blieb ...

◆

»Ich habe wenig Zeit!« pustete Bobby Hsiang mir über mein Handy zu, als ich noch in einem Wallah Wallah saß, das mich am nächsten Morgen von meiner Wohndschunke an Land brachte. Mein Freund schien außer Atem zu sein. Ich wartete geduldig, bis er seine Botschaft fortzusetzen imstande war.

» ... deshalb war ich grade bei Pipi. Lag auf meinem Weg. Sie bekam von mir ein verschlossenes Kuvert mit einer Notiz für dich. Hol sie bald ab, du wirst klüger sein, nachdem du sie gelesen hast. Ich muß auf den Peak ... Sehe dich später!«

Ich fragte noch schnell, ob schon wieder eine reiche Tante verschwunden wäre, und er knurrte gerade noch: »Familiendrama mit Nebenfrau!« Dann war die Verbindung tot.

In der Halle des *Excelsior* wimmelte es von Leuten, die mir alle seltsam festlich gestimmt schienen. Außerdem trugen sie meist seriöse Kleidung. Nicht wie die Besserverdiener-Touristen, die sonst da herumgeisterten, in nachgemachten Hawaii-Hemden, Wanderschuhen, mit Baseballkappen verkehrt herum auf den Haarteilen – nein man sah geschlossene Anzüge. Schlipse ohne Südseemädchen drauf. Bei den Damen sogar Kostüme.

Pipi schob mir schnell die Nachricht Bobbys zu, und als ich mit einer Kopfbewegung die Frage andeutete, was denn los sei, verriet sie mir schnell noch flüsternd, daß die Internationale Bibelgesellschaft ihre Jahrestagung über den Einfluß des heiligen Wortes in Asien hier abhielt.

Ich setzte mich in einen freien Clubsessel und las, was Bobby mir, einigermaßen leserlich geschrieben, zurückgelassen hatte:

1.) Anwalt kooperativ. Testament der Mrs. Ronaldo, nach Tod des Ehemanns aktualisiert, einwandfrei.

Konstruktion: Wenn der erste stirbt, erben die beiden anderen Teilhaber seinen Anteil, (Mrs. Ronaldo u. Miß Silva) zu gleichen Teilen.

Stirbt der zweite, bleibt dem dritten auch dessen Anteil.

(Das gilt auch für das private Eigentum, mit der Ausnahme, wenn zuerst einer der Eheleute stirbt, dann erbt zunächst der Hinterbliebene des Paares). Keine Einschränkungen sonst.

Auch keine Differenzierung bei den Todesursachen.

Gesamtwert des heutigen Erbes nach vorsichtiger Schätzung des Anwalts (einschließlich Laden u. Privathaus) etwa 30 Millionen HK-Dollar.

Über etwaige Auslandskonten hat Anwalt keine Kenntnis.

Von Miß Silva ist seit dem Verschwinden der Mrs. Ronaldo noch keine Nachfrage erfolgt, die Aufschluß über Erbschaftsmodalitäten erbittet.

Anwalt erklärt aber, daß Miß Silva die Bedingungen kennt, da das ihm vorliegende Testament die Unterschriften aller drei Beteiligten trägt.

2.) Computer zeigt über »Ti. Wo.« nichts an. Wiederhole: Nichts!

3.) Wenn dich die Wohnungen interessieren: Haus Ronaldo = Kings Park Rise 6. T: 62 87 301

Wohnung Silva = Kowloon Park Drive 27/A/7 T: 25 58 807.

4.) Beweismittel bleiben an Ort und Stelle !

5.) SCHWEIGEN !

6.) S C H W E I G E N !

Nichts, was mich über Gebühr überrascht hätte. Mit Ausnahme, daß sich Bobby die Arbeit gemacht hatte, mir das alles aufzuschreiben. Eigentlich aber nur die Bestätigung, daß nach der gemeinsamen Vereinbarung nun Miß Silva der Laden gehörte, ebenso wie das Haus der Ronaldos und deren Privateigentum. Eine fette Erbschaft. Was irritierte mich daran? Ich grübelte. Aber ich konnte es nicht auf Anhieb sagen.

Ich entschloß mich zu einem Kaffee, den mir Pipi brachte, als sich in dem Trubel um die Reception eine Lücke zeigte, weil ein paar Stadtführer zum Aufbruch gerufen hatten.

Während ich so in meinem Sessel über die Welt

und ihre Leiden nachdachte, vor allem über das, was Mrs. Ronaldos Tod nun Miß Silva beschert hatte, fiel mir ein, was ich als nächstes tun sollte. Da war das Haus der Ronaldos. Und da war Miß Silvas Wohnung. Bobby Hsiang hatte sich, wie ich ihn kannte, etwas dabei gedacht, als er mir die Adressen notierte. Wollte mich wohl aufmerksam machen, daß ich an Ort und Stelle noch keine Polizei antreffen würde, wenn ich mich beeilte. Kein Siegel. Hoffentlich auch keine Putzfrau. Oder ein vergessener Liebhaber, der in Miß Silvas Bett von ihren gütigen Augen träumte ...

Wie schnell sich die Welt verändert, wurde mir wieder einmal klar, als ich sah, daß Pipi inzwischen erneut voll im Streß stand. Ein Ehepaar, das aussah, wie Mr. John D. Rockefeller und Gattin auf ihrem letzten Foto, ließ sich grade erklären, was man erblickte, wenn man aus dem Fenster des Zimmers schaute, das sie beziehen wollten. Pipi schilderte ihnen das mit einer Geduld, die mich wieder einmal in Bewunderung versetzte. Sie winkte mir nur zu, ohne das professionelle Lächeln abzuschalten.

Im Tunnel stank es wie immer nach kaltem Dieselqualm. Dafür wurde der Anblick Kowloons, je weiter ich nordwärts kam, um so angenehmer. Die Kings Park Rise war eine sehr sanfte Anhöhe, nach der idyllischen kleinen Grünanlage mit dem Namen Georges des V. benannt. Nur wenige Villen. Das Domizil der Familie Ronaldo machte einen gepflegten Eindruck. Keinen protzigen. Es war betont klein geraten. Nicht der ausladende britisch anmutende Landsitz, sondern eher das etwas amerikanisch wirkende Quartier für Leute, die sich selber genügen und nicht jeden Abend den Kamin anwerfen, um eine Horde gelangweilter Abstauber mit Cocktails zu versorgen.

Vorsichtshalber parkte ich meinen nicht mehr ganz fabrikneuen Toyota, der sich in dieser Umgebung wie ein schäbiger Fremdkörper ausnahm, ein wenig bergab und wählte erst einmal das Haustelefon.

Obwohl ich es minutenlang rufen ließ, nahm niemand ab. Also machte ich mich auf. Beobachtet zu werden, war kaum zu befürchten. Die Sicht von den anderen Häusern her war durch Büsche verstellt. Der Briefkasten im Zaunpfeiler quoll über. Vorsichtig fischte ich zwischen Zeitungen und Prospekten die Briefe heraus. Die Umschläge wiesen die Adressen von Amtsstellen auf. Nichts Privates. Uninteressant für mich. Ich steckte alles wieder in die Öffnung im Pfeiler.

Das Haustürschloß machte meinem Universalinstrument, das Wan Li-tse konstruiert hatte, ein alter, nicht ganz astreiner Freund, Genie in technischen Fragen, keine Schwierigkeiten. Zuerst, bevor ich das Haus durch die Tür betrat, vergewisserte ich mich, daß es keine Kameras gab, die ungebetene Besucher aufzeichneten. Nichts davon war zu entdecken. Die Ronaldos hatten wohl darauf verzichtet. Nur eine der gängigen Lichtschranken für eine Alarmanlage war in Betrieb, die ich rechtzeitig entdeckte, um sie umgehen zu können.

Das Haus war zwar gediegen, aber nicht luxuriös eingerichtet. Offenbar hatten die Besitzer nicht zu der Kategorie von Angebern gehört, die sich nur wohlfühlen, wenn sie pro Stunde mindestens drei Leute darauf aufmerksam machen können, daß sie immens verdienen und sich jeden Quark leisten können, der genau für sie in Kenntnis ihrer Schwäche produziert wird. Vom Sessel bis zum Teppich solide Ware.

Die technische Ausstattung von Küche und Bad auf dem modernsten Stand, aber nicht überzogen modernistisch. Das ließ sich auch von dem sagen, was sich in den Kleiderschränken fand, und sogar die Wandregale mit den Büchern ließen darauf schließen, daß die Ronaldos nicht zu den Liebhabern von hochstapelnden Spinnereien gehört hatten – sie bevorzugten augenscheinlich solide Hausmannskost, was die Autoren anging. Wenngleich eine leichte Schwäche für teure Glanzpapier-Bildbände festzustellen war, wobei allerdings Sammlungen mit Schmuck oder dekorativen Dingen überwogen.

Es gab ein paar Fotoalben, in denen das Ehepaar auf Reisen festgehalten war: Peking, Manila, Australien, Ägypten ... Ich blätterte die Sammlungen durch, und am Ende war ich nicht klüger als zuvor. Eine offenbar ungestörte Ehe. Zwei Leute, die ein gutgehendes Geschäft betrieben und ein weder auffällig bescheidenes noch ein überladenes Leben führten. Was hatte zum Tode von Mrs. Ronaldo geführt? Wo war hier der Schatten eines Motivs?

Blieben die Behältnisse mit den ganz persönlichen Sachen. Um alle Schubladen so zu durchsuchen, daß die Polizei, die unweigerlich nach mir kommen würde, nicht sofort feststellen könnte, es war schon jemand am Kuchen gewesen, brauchte ich knapp zwei Stunden. Ich fand Briefe mit wenig belangvollem Inhalt, Aufzeichnungen über Ausgaben, eine ganze Mappe von Gutachten über den Wert von Steinen, Handwerkerrechnungen, Zettel mit Kochrezepten, Kalender von verflossenen Jahren, Kramzeug aller Art, von der Büroklammernsammlung bis zu einem Arsenal der verschiedensten Schreibgeräte, Kopfschmerztabletten und unbenutzte Kleinbildfilme für eine ebenfalls vorhandene Kamera – übrig blieb, zur genaueren Durchsicht, lediglich ein Adreßbuch. Ich entschloß mich, es einzustecken.

Dann entdeckte ich, daß Mrs. Ronaldo einen Anrufbeantworter hatte. Ich ließ ihn routinemäßig zurücklaufen und hörte ihn ab. Lauter nichtssagende Mitteilungen über schrankfertig gereinigte Kleidung, fällig gewordene Zahlungen, Empfehlungen und Erinnerungen. Bis auf die letzte Aufzeichnung. Da meldete sich eine etwas belegte Stimme in einem Akzent, den ich zuerst nicht einordnen konnte, bis ich darauf kam, daß es sich um jemanden handeln konnte, der die meiste Zeit seines Lebens vermutlich im Mutterland verbracht hatte. Sein Kantonesisch klang nicht nach Kowloon oder Hongkong.

Ich ließ die Passage mehrmals ablaufen, sie hatte es in sich, ich wußte nur noch nicht warum.

»...Mrs. Ronaldo, ich habe soeben im Geschäft von Miß Silva erfahren, daß Sie schon für morgen verabredet, wegen der Steine ... Hier ist Liao Tu ... Wollte mich entschuldigen, aber Miß Silva teilte mir mit, daß Sie um die Tageszeit, zu der ich noch verfügbar wäre, im KCC eine Besprechung mit dem Leiter einer Modenschau haben ... Ich werde um diese Zeit dort in der Nähe sein und mir erlauben, Sie über Ihre Handy-Nummer anzurufen. Wir können uns dann sehen, wenn Ihre Zeit reicht, oder wir verabreden uns dann neu ... Danke! Wiedersehen bis morgen ...!«

Das war die letzte Telefonbotschaft, die Mrs. Ronaldo erreicht hatte. Der Tod hatte dafür gesorgt, daß sie das Band nicht mehr löschen konnte.

Ich erinnerte mich daran, daß der Modemacher Bai Liu von einem Anruf gesprochen hatte, der Mrs. Ronaldo erreichte, während sie sich bei ihm in jener Spaßherberge KCC in der Salisbury Road aufhielt. Daß er angenommen hatte, der Anruf käme von ihrem Geschäft, weil sie in den Apparat antwortete, sie wäre gleich da ...

Gleich da. Hatte nicht der Parkplatzwächter von einem Herrn gesprochen, mit dem sie weggefahren war? Nicht in ihrem eigenen Wagen? War der Fahrer dieser Mister Liao Tu gewesen? Hier deutete sich ein Zusammenhang an, den zu verfolgen ich mir vornahm. Kein Motiv, aber immerhin ein Hinweis.

Das Band mußte ich für Bobby Hsiang und sein Team zurücklassen. Aber ich traute mir zu, die Stimme mit diesem eigenartigen Akzent wiederzuerkennen.

In dem Adreßbuch, das ich eingesteckt hatte, suchte ich nach dem Namen. Kein Liao Tu unter der Menge von Anschriften, auf die man vielleicht später einmal zurückkommen könnte. Ich entschied mich dafür, das Bobby Hsiang zu überlassen und legte das Adreßbuch doch wieder in die Schublade zurück, neben das nicht sehr umfangreiche Album mit exotischen Briefmarken und einen Stapel Kleenex. Auch das Telefon mit dem Anrufbeantworter stellte ich wieder an seinen Platz zurück. Eigentlich war ich ganz zufrieden, daß der Besuch in Ronaldos Villa sich nun doch als nicht ganz ergebnislos erwies. Ich machte, daß ich ins Freie kam. Verschloß die Haustür wieder ordentlich und trabte zu meinem Toyota. Nächstes Ziel die Park Drive. Aber zuvor rief ich Miß Silva an, und zwar im Geschäft. Vorsicht ist der bessere Teil des Mutes, wie einer der alten Weisen sagte!

Ihre Stimme wurde sogleich um ein paar Unzen freundlicher, als ich mich zu erkennen gab. Ich wollte nur wissen, wann ich damit rechnen mußte, daß sie nach Hause kam. Also fragte ich sie, wielange sie in der Firme erreichbar sein würde, ich hätte die Absicht, sie wegen ein paar zusätzlichen Auskünften aufzusuchen.

Sie vertraute mir an, ich brauchte keine Eile zu

haben. »Leider werde ich heute noch längere Zeit hier verbringen müssen, Mister Lim Tok. Es ist für die Umsatzsteuer eine Zwischenbilanz fällig, die habe ich auszuarbeiten. Ohne die Hilfe von Mrs. Ronaldo ist das für mich eine ziemlich knifflige Aufgabe. Ich mache es zum ersten Mal allein ...«

Ich versicherte ihr, daß sie auf mein Mitgefühl zählen könne, zumal es sich um die Steuer handelte. Wir lachten beide über den bescheidenen Spaß. Sie versprach, auf mich zu warten. Und das entsprach natürlich genau meinem Sicherheitsbedürfnis. Wenngleich ich mir doch ein bißchen hinterhältig vorkam.

War ich schon von der verhältnismäßig zurückhaltenden Lebensart der Ronaldos etwas überrascht gewesen, so hatte ich am Park Drive wiederum Grund, mich zu wundern. Dies war zwar eine durch die angrenzende Grünanlage gesund erscheinende Wohngegend, verglich man sie etwa mit dem Zentrum von Victoria. Aber Miß Silvas Apartment lag eben in der siebenten Etage eines riesigen Silos, und das war schon ein Anlaß zum Staunen. Mit ihrem sicher nicht geringen Verdienst hätte sich die Dame bequem eine Bleibe in weniger übersiedelter Umgebung leisten können. Doch dann überlegte ich mir, daß sie sich vielleicht mit der Absicht trug, ein Eigenheim zu bauen. Vielleicht war das ja der Grund, sparsam zu wirtschaften.

Ich nahm den Aufzug A, wie es in der Tafel am Eingang angegeben war. Ein paar Schulkinder tanzten mit mir zusammen in die Kabine. Ich war der einzige, der höher als zur Fünf fuhr. So kam ich ganz allein auf der Siebenten an und hatte noch eine ziemliche Strecke zu gehen, bis ich bei der Tür mit dem Schild »Silva« angekommen war. Das Schloß war zwar etwas komplizierter als das bei den Ronaldos, aber mein allgemein »der Hobo« genannter Freund Wan Li, der einst aus dem Mutterland geflüchtete Schlosser im Traktorenpark einer Volkskommune, der sich auf Elektrik und Mechanik verstand wie kaum ein anderer und heute im *Excelsior* als Spezialist für alles, was mit Strom lief, über eine Lebensstellung verfügte, hatte mir da wirklich ein Zauberwerkzeug konstruiert. Es hatte den Vorteil, daß es nicht einmal entfernt an einen Türöffner erinnerte. Sah aus wie ein Pfeifenstopfer. Ein leiser Klick, und ich war in der Wohnung!

Kein Besucher da. Niemand im Bett oder im Bad, lebend oder als Leiche. Ich blockierte das Türschloß vorsichtshalber und erkannte, daß Miß Silva wohl etwas mehr für Ausstattung auszugeben pflegte als die Ronaldos. Die Teppiche waren teurer. Einige der Bilder an den Wänden stammten von sogenannten »Jungen Wilden«, die emsige Verkaufsmanager in der letzten Zeit zu Vertretern der wahren Kunst hochgeschwätzt hatten. Was ihre Preise schneller klettern ließ als den berühmten Affen auf die Palme.

Hatte ich schon im Ladengeschäft den Eindruck gehabt, Miß Silva sei eine elegante, gepflegte Dame, so wurde mir das erneut bewußt, als ich den Kleiderschrank öffnete. Da hingen erstklassige Gewänder. Neueste Modelle, soweit ich das beurteilen konnte. Nur erlesene Firmenschilder. Nichts »Made in Hongkong«. Auch nicht mit nachgemachtem italienischen Etikett. Selbst bei der Wäsche war Miß Silva wählerisch, wie ich sah. Ich kam mir zwar wie ein Spanner vor, aber ich konnte feststellen, daß das Objekt meiner Neugier Dessous bevorzugte, die extravagant waren, ohne extrem zu sein, oder gar obszön. Geschmack hatte sie! Bis auf einen Fund war das festzustellen, und dieser eine Fund machte mich auf eine irrige Annahme aufmerksam: Ich hatte vermutet, daß sie – wenn sie überhaupt Sport betrieb – bestenfalls auf dem Tennisplatz zu finden sein würde. Weit daneben! Schön säuberlich zusammengefaltet fanden sich neben den Dessous ein halbes Dutzend schwarzer Karate-Anzüge!

Während ich noch verdaute, daß die zarte Person, die ich nur aus Abneigung gegen Modeworte nicht »feenhaft« nannte, zu der rauhen Gilde der »Paaaah!« und »Tschaaa!« schreienden Faust- und Fußkämpfer gehörte, ging ich alles durch, was an Briefen und sonstigem Papier in den Schubladen des winzigen Edelholztisches zu finden war.

Belangloses, bis auf einige Briefe, aus denen hervorging, daß es auch eine Miß Silva in Lissabon gab. Offenbar die Schwester. Schien mit einem Musiker verheiratet zu sein, denn sie schrieb mehrmals von Konzerten, die sie besucht hatte, um Enrico nahe zu sein, weil das ihm größere Sicherheit bei seinen Auftritten gab.

Ich fand Quittungen über Sonderanfertigungen von delikaten Wäschestücken, ein paar Visitenkarten von Leuten, die ich mir notierte, und in dem gewählt bestückten Bücherfach des Wandregals so ziemlich alles was an modernen Ausgaben von Konfuzius, Laotse, Mong Tse und anderen Klassikern gedruckt worden war. Robert S. Elegants »Everlasting Sorrow«, aber auch Han Suyins »And the rain my drink« sowie einige ähnliche Romane, gewichtig, aber nicht modernistisch-schizophren, eher das Gegenteil – eine Frau, die eine gute Story schätzt und eine tausendjährige Weisheit ...

Das Telefon gab nichts her. Es hatte keinen Anrufbeantworter. Aus dem Adreßbuch, das daneben lag, schrieb ich mir zwar ein paar Namen ab, ohne allerdings viel Erfolg bei der Suche nach den Leuten zu vermuten. Nun ja, große Mühe würde ich persönlich damit nicht haben, das würde Bobbys Computer erledigen.

Nicht der kleinste Fingerzeig etwa auf das Phänomen »Ti. Wo.«. Vielleicht war das ja eine rundweg lächerliche Notiz, die da meine Neugier so strapazierte!

Zuletzt ging ich noch die Kosmetika im Bad und den Inhalt eines Medizinschränkchens durch. Auch da nichts von Belang.

Wenn man von der bedeutsamen Entdeckung absah, daß Miß Silva wohl des öfteren an Kopfschmerzen litt. Ich begann mich langsam mit dem Gedanken anzufreunden, daß die Suche in dem Apartment nicht zu den besten Einfällen gehörte, die ich im Zusammenhang mit dem Verschwinden und dem Tod der Mrs. Ronaldo gehabt hatte. Daran änderte sich auch nichts, als ich in einem wohlbestückten Schuhschränkchen die zu dem schwarzen Karate-Dress passenden Sportschuhe entdeckte. Nobelmarke. –

Genau besehen hatte mir das Durchsuchen der beiden Wohnungen nichts Greifbares gebracht. Aber was muß man als Ermittler nicht alles an Nutzlosem hinter sich bringen und an schlechtem Gewissen wegstecken, bis man endlich auf die Information stößt, die sich als das Goldkörnchen im Staub erweist!

Mit einem sanften Klick schloß sich die Tür hinter mir. Ich hielt mich nicht lange auf dem Korridor auf. Stieg zu zwei Hausfrauen der begüterten Mittelschicht in den Fahrstuhl. Sie beachteten mich kaum. In diesem Bau, der einer Kaserne glich, wenn auch einer für eine Elitetruppe, schienen sich die Bewohner nicht sehr füreinander zu interessieren. Die beiden sprachen nicht miteinander. Eine nahm die andere einfach nicht zur Kenntnis. Vielleicht stimmte es ja doch, was neulich ein Psychologe im Rundfunk behauptet hatte, daß Leute sich desto weniger miteinander befassen, je dichter sie beisammen wohnen. Ferne schafft Nähe, das war seine These gewesen, die mir ein bißchen skurril vorkam. Aber bei näherem Hinsehen konnte an dem Gedanken schon etwas Wahres sein ...

Wenn Sie mich fragen, weshalb ich mich bei der

Suche nach Motiv und Täter des Mordes an Mrs. Ronaldo immer noch in der funkelnden Umgebung ihres Geschäftes bewegte, würde ich Ihnen sagen: Es gibt bis jetzt anderswo nicht den geringsten Anhaltspunkt.

Natürlich wäre das nicht alles. Sie können es mir abnehmen oder nicht, aber ein Ermittler erwirbt sich im Laufe der Zeit eine Art Fingerspitzengefühl für den Boden, den er beackert. Er spürt gleichsam, ob er fruchtbar ist. Was da wachsen könnte. Es ist ein Phänomen, das voreilige Klugschwätzer (die heute etwa achtzig Prozent derer sind, die überhaupt den Mund aufmachen), ganz schnell als Einbildung abtun würden. Als Unsinn. Spinnerei. Wiewohl sie allerdings jeden Unsinn und jede tatsächliche, auf sie gezielte Spinnerei sofort akzeptieren, wenn sie ihnen nur mit todseriösem Gesicht und Gehabe serviert wird. Möglichst von mediengemachten »Prominenten«, die für ihre Fähigkeit, intelligent zu erscheinen und auch so zu lügen, hoch bezahlt werden. Nein, es war keine Spinnerei, daß ich immer noch um das Geschäft von Mrs. Ronaldo herum operierte – es war das, was man Instinkt nennen könnte. Fragen Sie einen guten Boxer, warum er Bruchteile einer Sekunde bevor der Gegner zu seinem Kinn schlägt, die Linke davor schiebt. Oder einen erfahrenen Soldaten, weshalb er sich plötzlich zu Boden wirft, sich duckt, bevor einen Steinwurf entfernt eine Granate einschlägt ...

Solche und ähnliche Gedanken beschäftigten mich, während ich die lange Nathan Road hinter mich zu bringen versuchte, mit ihren Staus, den Ampeln und Überwegen, den immer noch nicht ausrangierten Dreirädern, den Abbiegern auf der falschen Spur und den liegengebliebenen Lastzügen aus dem Mutterland, deren Fahrer nicht wußten, wo es zum Tunnel nach Victoria ging. Wenn Ihnen heute Gewohnheitstouristen erzählen, Geduld und Gleichmut seien die hervorstechendsten Eigenschaften der Chinesen, so sollten Sie diese Amateur-Völkerkundler einmal nach Kowloon schicken, im Auto, auf die Nathan Road, an einem Wochentag gegen siebzehn Uhr nachmittag. Da könnten sie Studien betreiben, als deren Ergebnis sie Ihnen nächstes Mal, wenn sie Chinesen analysieren, vermutlich von einer Rasse unaufhaltsam in die Tobsucht abgleitender Choleriker sprechen würden. So relativ können Kenntnisse über die Welt sein!

Miß Silva war genau so gefährlich schön, wie ich sie in Erinnerung hatte, als ich endlich am Geschäft der Ronaldos anlangte und sie mir öffnete, nachdem ich mich über das Telefon bemerkbar gemacht hatte.

Es war dunkel geworden. Das Schild an der Ladentür sagte mir, daß ich genau dreißig Minuten zu spät gekommen war, um noch die anderen Angestellten anzutreffen. Nicht wenige der feineren Geschäfte schlossen meist um diese Zeit. Jetzt kam die Stunde der Märkte, der Billighändler, Hähnchenbrater und Kneipen, die der Spaziergänger und »Servicemädchen«. Juwelen, echte, teure, kauft zu dieser Tageszeit – jedenfalls in Hongkong – kaum mehr einer. Das tut man, solange die Sonne scheint. Auch wenn sie sich zwischendurch mal hinter Wolken versteckt. Eigenartig. Aber es führt dazu, daß renommierte Juweliere abends Zeit für sich haben.

Miß Silva plagte sich noch mit der Zwischenbilanz ab. Aber sie schien den größten Teil der Arbeit geschafft zu haben, denn sie warf sogleich den Wasserkocher an und erkundigte sich bei mir: »Lapsang Souchong?«

Ich lächelte zurück wie ein erhörter Verehrer: »Daß Sie sich daran erinnern!«

Sie bereitete das kräftig duftende Getränk diesmal in Deckeltöpfchen, wie sie überall von den Leuten benutzt werden, die Teetrinken nicht gerade als Zeremonie betreiben. An jedem Arbeitsplatz fand man sie. Mit Ausnahme der Hochglanz-Büros, in deren Vorzimmern die amerikanischen Kühlschränke summten und die Herren Manager sich eiskaltes Mineralwasser zwischen die Magengeschwüre gossen. Nach Kenntnis der alten chinesischen Mediziner soll man ja in heißem Klima, wie wir es hier haben, nie eiskalt trinken. Aber was sind schon die Weisheiten der alten Chinesen für amerikanisch geschulte Vorständler in Milliardenkonzernen! Ihnen ist es egal, ob auf ihr eiskaltes Mineralwasser hin der Schweiß nicht fließen kann, und das Herz mächtig zu pumpen hat, notfalls lassen sie sich mit vierzig pensionieren und verjubeln eine Abfindung, für die zwei Chinesen je achtzig Jahre arbeiten müßten. Ob die Götter über soviel Unvernunft und Ungerechtigkeit traurig sind, ist ihnen egal!

Als ich mir erlaubte, darüber ein paar Überlegungen anzustellen, lachte Miß Silva vergnügt und bestätigte mir, daß sie selbst kalten Sprudel auch als ungesund empfinde, abgesehen davon, daß er absolut keinen Geruch habe. Nicht einmal einen schlechten.

Sie erschien mir geradezu heiter, verglichen mit unserem ersten Treffen. Trug, der Abendstunde angemessen, ein tiefgrünes Kostüm aus hauchzartem Strickmaterial. Und darunter eine weiße Bluse. Nicht wie die In-Puten, die unter dem Jackett neuerdings sogleich die nackte Haut boten. Mit dem Ergebnis, wie Pipi herausgefunden hatte, daß man so ein Jackett, in dessen Kragen unablässig Hongkongs mit Luftdreck gemischter Schweiß einzog, alle vier Wochen nur noch in den Container der Heilsarmee werfen konnte.

Ich hätte der Lady Silva gern gesagt, daß ich ihre Gesellschaft schätzte. Aber ich ließ das lieber. Wollte sie nicht erschrecken. Sie erzählte, daß der gute alte Lao Tse für ihre Zwischenbilanz sehr gut vorgearbeitet hatte. Er sei überhaupt für das Geschäft unentbehrlich. Und sie informierte mich mit dem Gesicht einer Toto-Gewinnerin, daß Mrs. Chakaloo, die Gefährtin des indischen Nabobs, die ich bei meinem letzten Besuch erlebt hatte, sich doch für die Garnitur mit den schwarzen Perlen entschieden hatte:

»Ein wahrhaft fürstliches Geschenk!«

Das gab mir die Chance, zwischen zwei vorsichtigen Schlucken aus dem Deckeltöpfchen unauffällig zu der ebenso vorsichtigen Frage zu kommen, ob sie sich denn schon einmal überlegt habe, wie es mit dem Geschäft weitergehen sollte, für den hoffentlich nicht eintretenden Fall, daß Mrs. Ronaldo endgültig verschwunden blieb.

Ohne daß ich es sie merken ließ, beobachtete ich ihre Reaktion. Das Auffinden der toten Juweliersgattin war ja von der Polizei bis jetzt nicht bekannt gegeben worden. Aber Miß Silvas Gesichtsausdruck schaltete sofort auf tiefe Betroffenheit um. Und sie sagte ziemlich gedrückt: »Wissen Sie, Mister Lim Tok, nach ihrem so langen Ausbleiben gewinnt bei mir immer stärker das unheimliche Gefühl die Oberhand, es könnte etwas sehr ernstes passiert sein ... etwas mit schlimmen Konsequenzen ...«

Es war mit sehr viel Gefühl gesagt. Vielleicht mit ein bißchen zuviel. Ich empfand es als nicht ganz ehrlich. Die meisten Dinge, die mit überbetontem Gefühlsaufwand gesagt werden, sind das. Aus den verschiedensten Gründen. Besonders bei Frauen. Und bei dem vielen Gefühl, das ihr die Erinnerung an Mrs. Ronaldo ablockte, erinnerte ich mich, daß Miß Silva noch Sekunden zuvor eher unbeschwert und geradezu gelöst auf mich gewirkt hatte. Sie war eine wunderschöne Frau. Wenn da nur nicht mein berufsbedingtes Mißtrauen gewesen wäre. Und im Hintergrund immer öfter jetzt die bohrende Frage: Wer hat eigentlich den Nutzen, wenn Mrs. Ronaldo nicht mehr auftaucht ...?

Ich setzte vorsichtig den Bohrer an: »Vorausgesetzt es ist wirklich etwas mit Mrs. Ronaldo geschehen ... das nicht mehr ... ich meine, daß ihre Abwesenheit für immer ...?«

Sie hob beide Hände, wie um sich zu verteidigen. Sagte erst nach längerer Zeit: »Bitte! Sie sollten das nicht erwägen!«

Ich entschuldigte mich so artig es ging. »Es tut mir leid, Miß Silva. Aber ... mein Beruf bringt es mit sich, daß ich die Dinge des Lebens nach und nach mit diesem abscheulichen Realitätssinn betrachte. Ich versuche, mir vorzustellen, daß Sie sozusagen ganz allein mit all diesem hier fertigwerden müssen ...« Dazu machte ich eine raumgreifende Handbewegung zum Laden hin, wo die teuren Steinchen, die Ketten, Uhren, Broschen und Pretiosen aller Art in ihren Vitrinen vor sich hin blitzten.

Miß Silva war sehr still geworden. Blickte auf das Bilanzformular vor sich auf dem Schreibtisch und sagte nach einer längeren Pause: »Ich wage nicht, mir das vorzustellen.«

Ich hatte damit gerechnet, daß sie weinen würde. Weil mir schien, sie sei der Typ dafür. Aber sie tat es nicht. Harte Frau? Kapriziös und dazu beherrscht jedenfalls. Es reizte mich, sie noch ein bißchen weiter zu testen.

»Wenn ich Mr. Stanley Haw in Macao über meine Ermittlungen berichte, wird er danach fragen ...«

Es war just so dahingesagt, aber es veranlaßte sie zu der Bemerkung: »Eigentlich hatte Mrs. Ronaldo immer gehofft, ihr Onkel würde sich eines Tages doch noch an unserem Geschäft beteiligen.«

»Warum tat er das nicht?«

Sie bewegte nur leicht die Schultern.

»Gab es finanzielle Schwierigkeiten?«

Sie lächelte, ohne mich anzusehen. »Gab es nicht, Mister Lim Tok. Gerade deshalb hätte er sich ja dazu entschließen können, bei uns einzutreten. Eine Bestätigung, daß wir gut sind, sozusagen. Aber er hatte eben keine Lust!«

Als sie wieder schwieg, sagte ich so ratlos wie ich es schaffte: »Eine traurige Perspektive könnte sich da auftun. Dieses herrliche Geschäft würde schließen ... wäre wirklich sehr schade ...«

Ich hätte zu gern gehört, wie sie über die Zukunft dachte. Ihre eigene und die von Ronaldo-Juwelen. Aber sie blieb unbestimmt. Würde es wohl weiter bleiben, bis über das Schicksal der Mrs. Ronaldo Klarheit herrschte. Sagte nur: »Wir müssen abwarten.«

»Und wenn sich das Schlimmste bewahrheitet?«

Wie um den unangenehmen Gedanken so weit wie möglich wegzuscheuchen, winkte sie entschlossen ab.

Nur daß sie dabei etwas sagte, was ich immerhin realistisch fand. Und interessant: »Selbstverständlich würde ich das Geschäft weiterführen. Ich wäre schon durch unsere gemeinsamen letztwilligen Verfügungen dazu verpflichtet. Aber – können wir nicht über etwas sprechen, das weniger traurig macht?«

Sekundenlang dachte ich, sie sagt kein Wort darüber, daß sie im Falle des Ablebens von Mrs. Ronaldo über Nacht eine steinreiche Frau wäre. Warum? Aber ein Blick in ihre unschuldigen Augen ließ mich die Frage glatt verschlucken. Ich staunte wieder über mich selbst, als sie mich bat: »Vergeben Sie mir meine Unhöflichkeit! Eigentlich wollte ich Sie nach etwas ganz anderem fragen. Vielleicht gibt es da eine Beobachtung, die Sie zufällig gemacht haben ...«

Ich fing es vorsichtig an, denn ich befürchtete, wenn ich sie zu forsch anging, könnte sie sich ganz verschließen. Also begann ich etwas umständlich eine Geschichte zu erzählen, die »Wirklichkeit mit gewissen Korrekturen« war.

»Da gibt es diesen Mister Bai Liu. Sie hatten mich auf ihn aufmerksam gemacht. Weil er mit Mrs. Ronaldo verabredet war, an jenem Unglückstag, an dem sie verschwand. Sie erinnern sich?«

Sogleich nickte sie, wieder ganz erholt und aufmerksam. »Natürlich, Mister Bai Liu, ja. Er wollte bei der Vorführung seiner Kollektion Schmuck von uns verwenden ... Mrs. Ronaldo hatte vor, das mit ihm auszuhandeln.«

»Das tat sie wohl auch.« Ich gab mir Mühe, es so unbefangen wie möglich klingen zu lassen. »Mister Bai Liu hatte die Freundlichkeit, mit mir darüber zu reden. Er war übrigens untröstlich. Und er glaubt, daß Mrs. Ronaldo nach dem Gespräch mit ihm noch woanders verabredet war.

Sie vereinbarte das am Telefon mit jemandem, sagte er, aber er hat aus angeborener Höflichkeit nicht danach gefragt. Weiß daher nicht, wo oder mit wem. Ich würde gern diese letzte Person ausfindig machen, mit der Mrs. Ronaldo sprach, bevor sie verschwand. Haben Sie auch nur eine vage Vorstellung, wer das nach Mister Bai Liu noch gewesen sein könnte? Das würde mir die Suche sehr erleichtern ...«

Sie hatte, während sie mir zuhörte, Teegebäck in einer teuren Kristallschale auf den Tisch gestellt. Knabberte einen der nach Zimt duftenden Sterne. Hielt mir die Schale hin. Ich bediente mich. Wartete. Trank von dem Tee. Gab mir Mühe, meinen Blick nicht allzu erkennbar bewundernd auf Miß Silva ruhen zu lassen. Sie wußte natürlich, daß sie eine eindrucksvolle Person war. Frauen wie sie wissen das immer. Leben nicht selten davon, daß sie still bewundert werden. Heimlich verehrt.

Als sie den schönen Kopf schüttelte, wobei ihr lockeres Haar ihn umschmeichelte, gab ich mir Mühe, meine Enttäuschung nicht zu zeigen. »Nein«, sagte sie. Griff sich einen Keks. »Da habe ich keine Ahnung. Leider. Gesprochen hat sie darüber nicht ...«

Aus meiner Enttäuschung wurden Zweifel. War es denn möglich, daß sie sich an den Anruf nicht erinnerte, von dem jener ominöse Herr Liao Tu auf Mrs. Ronaldos Beantworter erwähnte, daß er ihn mit ihr im Geschäft geführt habe und er dabei von ihr erfuhr, die Chefin habe im KCC eine Besprechung mit dem Modemacher Bai Liu? Hatte sie den Anruf vergessen? Erschien er ihr so unwesentlich, daß sie es nicht für nötig hielt, mich darauf aufmerksam zu machen? Oder hatte sie einen anderen Grund, ihn zu verschweigen. Welchen?

Ich konnte sie nicht daran erinnern. Sie hätte darüber Aufschluß verlangen können, woher ich überhaupt von Herrn Liao Tus Anruf wußte. Also murmelte ich ein »Schade«, und dann widmete ich mich für einige Zeit den Plätzchen und dem Tee. Die Zweifel bohrten weiter. Immer tiefer bohrten sie. Ich überlegte, was sie wohl sagen würde, wenn sie erfuhr, daß mir jener Parkplatzwächter erzählt hatte, Mrs. Ronaldo sei mit einem Fremden im Auto davongefahren. Entspannt neben ihm sitzend. Kurz entschlossen teilte ich es ihr mit. Sie zog die Stirn in Falten. Blickte mich ungläubig an. Beinahe erschrocken.

»Mrs. Ronaldo mit einem fremden Mann?«

»Sagt der Wächter.«

»Hat er denn die Nummer des Autos?«

»Leider nicht.«

»Kannte er den Mann?«

»Hat ihn vorher nie gesehen. Würde ihn vielleicht wiedererkennen. Wer weiß ...«

Die Falten verschwanden von ihrer Stirn. Der Blick heftete sich auf den Tisch. Hilflos schien sie. Ich schwieg eine ganze Weile. Später unterhielten wir uns über Mineralien und Edelsteine, bis mir der Kopf schwirrte von lauter grünem Flußspat, Malachit und Bleiglanz, von Diamanten, Smaragden, Saphiren, von ihren minderen Brüdern, den Topasen, Amethysten, den Achaten, Bergkristallen, und endlich auch von den ungeliebten Verwandten, den synthetischen, in der Flamme des Gasbrenners zurechtgeschmolzenen Saphiren, den Rubinen und Korunden. Es war so vieles, das sie mir darüber erzählte. Warum nichts über den Herrn Liao Tu? Die schöne Frau, die jetzt auch eine reiche Frau war, hatte ein so gutes Gedächtnis. Aber ihn hatte sie vergessen. Oder gab sie nur vor, ihn vergessen zu haben? Warum?

Es war spät, als ich mich bei ihr für den Tee und die Kekse bedankte. Ich erkundigte mich höflich, ob ich sie mit meinem Toyota irgendwohin bringen könnte. Als sie mir mitgeteilt hatte, ihr eigenes Auto stünde in der nächsten Nebenstraße, konnte ich aufbrechen.

Sie stellte die Kristallschale mit dem Rest der Kekse in die Hausbar und räumte das Teegeschirr ab. Mein Blick fiel auf den Kalender, in dem ich bei meinem ersten Besuch geblättert hatte. Er zeigte bereits das Datum von morgen. Und da stand das vertraute »Ti. Wo.«. Noch ein Rätsel! Ich schaffte es trotzdem, mich mit der Grandezza eines rückfällig gewordenen Scheckbetrügers bei der Verabschiedung vor der Lady zu verbeugen. Versäumte aber nicht, draußen einen Blick in die Nebenstraße zu werfen. Da stand der kleine koreanische Straßenflitzer mit dem Stoffverdeck. Elegante Dame mit elegantem Auto ...

Auf dem Wege zum Tunnel mußte ich zweimal kreischend bremsen, weil ich in Gedanken beinahe die Ampeln übersehen hätte. Mir ging immer wieder die Frage im Kopf herum, weshalb wohl diese beeindruckende Frau sich nicht an Mr. Liao Tu erinnern wollte.

◆

»Eigentlich müßte ich Sie und Ihre Sippschaft bis zurück in die Gründungsdynastie als Betrüger öffentlich entlarven! In der Wochenendausgabe!«

Der mich so begrüßte, als ich am nächsten Morgen bei der Dim-Sum-Bude stand und versuchte, mich vermittels eines Frühstücks soweit aufzubauen, daß ich der Menschheit wieder zumutbar wurde, konnte gar niemand anderes sein als Jerome Blondel. Er spielte darauf an, daß ich ihn in der *Silbernen Nachtigall* neulich mit der Zeche hatte sitzenlassen. Da war Einlenken nötig. Deshalb schlug ich sofort einen gedämpften, reuevollen Ton an und versicherte ihm: »Wenn Sie nur wüßten, wie ich erschrocken bin, als ich merkte, daß ich über dem Ruf meiner Freundin völlig meine Pflicht vergessen hatte ... Ich biete Ihnen Revanche an! Wann wollen wir uns dazu treffen?«

Es würde teuer werden. Aber Onkel Stan hatte mir ja zugesagt, alle Spesen zu tragen, und Onkel Stan war ein Ehrenmann, der seine Versprechen zu halten pflegte. »Sagen Sie mir wann und wo!«

Es kam ein dünnes Lachen zurück. Dann erkundigte sich Blondel: »Sie erinnern sich, daß ich neulich von einem amerikanischen Essen sprach?«

»Auf dem Musikdampfer hätten Sie damit zu kämpfen gehabt, sagten Sie ...«

»Richtig. Ich habe noch zwei solcher Gefechte vor mir. Jetzt, im *Star House*. Und morgen im *Miramar*. Es ist eine Horde amerikanischer Kollegen zu Besuch da, und die wollen sich überzeugen, daß die Pekinger uns noch nicht ganz ausgerottet haben ... also, meine Zeit ist knapp, haben Sie Schreibzeug dabei?«

»Daß diese Yankees bei ihren Safaris aber auch immer heimisch essen wollen!« meldete ich Mitgefühl an. Er quittierte es mit einem Grunzen. »Ich komme auf Ihr Angebot zurück! Jetzt notieren Sie erst mal eine Adresse. Kann ich loslegen?«

Ich hatte mir einen der Fetzen gefischt, den die Bude als Servietten bezeichnete, und der Verkäufer hatte mir einen Stift zugeschoben. Blondel schien es tatsächlich eilig zu haben, er legte ohne Umschweife los.

»Austin Avenue. Dreißig. Finden Sie das?«

Ich wußte ungefähr wo es war. Nicht weit von einer Kirche, deren Name mir nicht einfiel.

Blondel kicherte. »Die Dame, die Sie dort reffen, sieht aus, als habe sie ihre besten Jahre hinter einem Altar verbracht. Ist aber ein sehr liebes Exemplar und tut für mich so gut wie alles. Sitzt im Dispatcherbüro von TVCC. Gruß von mir. Sie erfahren von ihr alles über den Tiger ...«

»Den Tiger?«

»Ach ja, sie heißt Miß Bo. Einfacher ist der Vorname, wenn Sie soweit kommen sollten. Lily.

Wie die Frau von ... ich weiß nicht mehr genau wem. Viel Glück!«

Weg war er. Ich hatte alles auf der Serviette stehen, wenn auch ein bißchen hingeworfen. Aber es reichte. In Vorfreude auf Neuigkeiten aus dem Mund einer Dame aß ich noch ein paar scharfe Happen. Überlegte dabei, was der Zeitungsmann wohl mit ›Tiger‹ gemeint haben konnte. Und dann war ich bereit, mich überraschen zu lassen.

Während ich im Tunnel von einem Stau zum anderen döste, fiel mir wieder ein, daß es in der Gegend, in die mich Blondel schickte, den Kricketplatz gab. Und als ich dort anlangte, merkte ich, daß in unmittelbarer Nähe sogar zwei Kirchen standen. Die Rosary und St. Andreas.

Vor der Nummer dreißig konnte ich bequem parken. Ich nahm mir vor, die Freundin Blondels als erstes zu fragen, in welche der beiden Kirchen sie für gewöhnlich ging. Mit einem Scherz führt man sich allemal am besten ein.

Aber ich ließ das, als ich die Dame sah. Das Schild am Haus, in dem es außerdem noch eine Versicherung gab, eine Beratungsstelle für Kinder mit Mißbildungen und eine Mission der buddhistischen Weltunion, wies die dunkel gekleidete Person mit der Nickelbrille, die schon die letzte Kaiserin getragen haben konnte, als Dispatcherin von mehreren in- und ausländischen TV-Gesellschaften aus. Dabei dachte man beim Anblick von Miß Bo gewiß nicht unbedingt an Fernsehen. Eher an die buddhistische Weltunion. Ich vergewisserte mich vorsichtshalber noch einmal, ob ich richtig sei. Aber ich hatte mich nicht geirrt. Als ich Jerome Blondel erwähnte, wurde aus dem mürrischen Flunsch der Dame plötzlich ein freundlich lächelndes halbchinesisches Gesicht, und sie erkundigte sich, wie es dem Herrn Redakteur gehe.

So führte ich mich doch noch mit einem Scherz ein. Ich erzählte ihr nämlich von Blondels Qual, dreimal hintereinander das essen zu müssen, was Amerikaner von heute als Nahrung bezeichnen, und da lachte sie sogar laut. Wenn sie so lachte, vermutete man, daß sie wohl doch nicht ganz so altjüngferlich war, wie es der erste Eindruck vermittelte. Meine Erfahrung: Wer fröhlich zu lachen versteht, egal über was, mit dem kann man getrost gemeinsam lachen.

»Sie sind dieser Detektiv?« erkundigte sie sich. Als ich das bestätigte, musterte sie mich noch einmal von den Haaren bis zu den Sandalen: »Mister Blondel hat Sie genau beschrieben!«

»Guter Blick ist das halbe Honorar für einen Journalisten«, machte ich sie aufmerksam. »Würden Sie mir sagen, was das Geschäft der TVCC ist?«

Sie sagte es mir so locker, daß mich die Jahrhundertbrille plötzlich gar nicht mehr störte. Auch nicht ihr straff zurückgekämmtes Haar mit dem Großmutterzopf. Oder die unrasierten Augenbrauen und die schmalen Lippen, auf denen sich wohl noch nie ein Rotstift getummelt hatte. Nicht einmal die weiße Rüschenbluse, die sie trug, und die auf der Frontseite eher eine Mulde aufwies, statt einer Wölbung, brachte mich zum Grinsen.

»Wir koordinieren«, sagte sie.

Sie lächelte, als ich etwas platt »Aha!« machte. Dann klärte sie mich auf: »Wir verhandeln beispielsweise über Reportagen oder Interviews, die TV-Teams machen wollen. Verabreden Zeiten. Verbinden offene Sendungen mit Werbungsideen, sorgen dafür, daß die Leute die richtigen Interviewpartner bekommen ... alles das ...«

Als sie mich ansah, als wolle sie fragen, na, du Trottel, hast du nun endlich begriffen?, winkte ich ab, und sie kam ohne Übergang zum Kern der Sache. Blätterte in einem dieser schmalen Terminkalender und wollte wissen: »Welcher Tag war es, über den Sie eine Frage hatten?«

Ich warf schnell einen Blick in meine Notizen. Sagte ihr das Datum von Miß Silvas Kalenderblatt, auf dem »Ausfall wg. Fernsehrep.« notiert gewesen war.

»Reportage sagten Sie?«

»Fernsehrep. Wörtlich.«

Sie nickte. Blätterte. Fand den Tag. Suchte weiter. Sah mich nach einer Weile an. Sagte: »Eine der einfacheren Übungen, Mister. Nur ein Team zu einer Reportage unterwegs gewesen, an dem Tag. NZTC. Ab zehn Uhr. Karateschule. Hilft Ihnen das?«

In meinem Kopf schlug eine Glocke an. Ich erinnerte mich an Miß Silvas Karate-Dress.

»Karateschule?«

»Hm, ja. Drüben in Yau Ma Tai. Pitt Street, Ecke Canton Road. Am Taifunhafen. Wollen Sie die Aufnahmen sehen? Ich kann mit den Leuten von NZTC sprechen, wegen einer Vorführung. Die Neuseeländer sind recht zuvorkommend ...«

»Nein, danke!« wehrte ich ab. Ich würde dieser Karateschule ohnehin einen Besuch abstatten. War noch neugieriger geworden, als ich vor dem Besuch bei Miß Bo schon gewesen war. Dabei gab es eigentlich keinen vernünftigen Grund, weshalb ich meine Zeit auf die Erforschung eines Freizeithobbys der letzten Überlebenden des Geschäftstrios Ronaldo verwendete. Trotzdem würde ich mich da umsehen. Wie ich das immer machte, wenn die Neugier in mir bohrte. Nicht selten war ja dabei schon etwas herausgekommen.

Ich notierte die Straßennamen. Miß Bo eröffnete mir gedämpft: »›Tiger Wong‹ ist der Name des Studios.«

Ich stutzte. »Tiger Wong?«

»Ja, richtig«, bestätigte sie freundlich. »Der Besitzer heißt Wong. Das ›Tiger‹ ist Reklame. Ich telefonierte mit ihm, wegen der Aufnahmen ...«

Plötzlich begriff ich, was »Ti. Wo.« bedeutete. Das führte dazu, daß ich einige Augenblicke, in denen ich mir selbst vorwarf, gar nicht so findig zu sein, wie ich es mir immer gern bestätigen ließ, nicht so recht mitbekam, was Miß Bo über den Besitzer des Studios erzählte. Wie er ihr erklärt hatte, wenn die TV-Leute kämen, würde er sich freuen, es sei ja auch Werbung für ihn. Aber er müsse eben in dieser Zeit den Unterricht ausfallen lassen. Ob es denn da nicht die Chance gäbe, daß die Gesellschaft NZTC einen Ausgleich zahle. Aber das war wohl nicht so sehr von Belang für mich. Was mir die ganze Zeit wie ein schwer zu lösendes Rätsel vorgekommen war, hatte diese reizvoll unscheinbare Dame mit der Guckibrille in Sekunden aufgeklärt.

»Sie sind ein Phänomen!« versicherte ich ihr.

Sie nahm das gelassen. Lächelte ein bißchen und ließ dann verlauten: »Es war mir ein Vergnügen, Ihnen zu helfen. Grüßen Sie Mister Blondel!«

Das würde ich tun, versicherte ich ihr. Und ihm außerdem empfehlen, sie in seinem Blättchen anzustellen. Aber das sagte ich ihr vorsichtshalber nicht. Wecke nie unerfüllbare Wünsche, sagte einer unserer alten Weisen. Denn unerfüllte Wünsche machen Leute böse. –

TIGER WONG
»Karate – Studio – Kung Fu«

Zu übersehen war das Schild nicht. Auch am Abend würde man darauf aufmerksam werden, denn der Schrift waren bunte Glühbirnen unterlegt. Offenbar war die langgestreckte Halle an der Ecke der Pitt Street einmal ein Lagerhaus gewesen. Die Fassade war schmucklos. Es gab eine Menge abgestellter Fahrräder unter den hohen Fenstern. Auch einige Autos parkten auf der etwas breiteren Canton Road. Ich suchte mir einen Platz. Und dann entschied ich mich, erst einmal zu warten. Warum war ich nicht selbst darauf gekommen, daß es sich bei den sich vierzehntäglich wiederholenden Eintragungen in Miß Silvas Kalender um die Termine für Karate-Stunden in diesem Studio handelte? So schwer war es doch wahrlich nicht gewesen. Wenn auch Ti. Wo. mich irritiert hatte.

Und nun? Was wollte ich hier? Miß Silva wiedersehen? In ihren Dress gekleidet? Wenn sie ihren heutigen Termin wahrnahm? Ich wurde selten auf mich selbst wütend, doch nun war ich genau da angekommen. Kurz entschlossen stieg ich aus und begann einen Spaziergang, der mich wieder auf vernünftige Einfälle bringen sollte. Und beruhigen.

Ich ging das kurze Stück bis hinunter zur Ferry Road und setzte mich am Wasser auf eine der Bänke, von denen aus man den Taifunhafen überblicken konnte. Bald hatten mich die Geräusche, die Farben, die Gerüche der immer noch unvergleichlichen Gegend eingefangen. Yau Ma Tai schob mir das Polster hin, auf dem ich träumen konnte.

Dies hier war der älteste Teil des alten Kowloons. Die massiven Dämme weit draußen riegelten eine Bucht ab, in der selbst die starken Stürme den tausenden von Bootsbewohnern auf ihren Sampans und Dschunken nichts anhaben konnten.

Die »Wassermenschen« lebten hier ihr eigenes Leben. Ihre Tradition reichte Jahrhunderte zurück, obgleich es viele neue Bewohner der Bucht gab, die aus ganz anderen, modernen Gründen dieses Dasein dem auf dem Festland vorzogen. Den Touristen, besonders den an Travellitis leidenden Europäern wurde weisgemacht, es sei die Armut, die hier zu sehen sei, und nur die Armut. Sie glaubten es. Wie vieles, was ihnen in Hongkong erzählt wurde. Und in China! Schließlich sei Hongkong einmal, bevor die Engländer es sich aneigneten, der größte Piratenschlupfwinkel weit und breit gewesen. Dies seien sozusagen deren nach Generationen friedlich gewordene, verarmte Nachfahren ...

Richtig war, daß die Wasserbewohner nur ungern an Land gingen. Von der Geburt bis zum Tod blieben sie auf ihren schwankenden Planken. Selbst wenn sie heirateten, taten sie das nicht auf dem Festland. Unzählige Dienstleistungen gab es in diesem Wald von Masten, die sich leicht unterm Wind wiegten. Man konnte sich die Zukunft weissagen lassen, woanders eine Krabbensuppe löffeln, konnte sich einen Drachen auf die Brust tätowieren lassen, oder auf den Hintern und anschließend nebenan die Künste eines Akupunkteurs in Anspruch nehmen. Es gab Leute, auf deren Boot wurden defekte Uhren repariert. Andere schrieben Liebesbriefe für Einfallslose, die keinen glaubwürdigen Schwindel für ihr Freundin fabulieren konnten. Hemden wurden hier genäht oder gebügelt und Urkunden gefälscht. Würdig aussehende Alte mit weißen Kinnbärten verabreichten Kräutermischungen, die gegen Nierensteine halfen oder bei Stuhlverstopfung. Stämmige Landfrauentypen offerierten Massagen gegen schmerzende Rückenmuskeln. Auf

Wunsch auch an jeder anderen Stelle des Körpers. Wieder andere stellten Gebisse her und Glasaugen. Nebenan klickten die Mah-Jong-Steine. Goldschmiede weiteten Ringe oder wechselten echte Topase gegen täuschend ähnlich gefärbtes Glas aus. Und dann die Mädchen! Ganze Boote dienten nur dem, was man in Anspielung auf die ehrwürdige alte chinesische Dichtung »das Spiel von Wind und Regen« nannte. Es gab sogar Blondinen mit Mandelaugen, damit jeder Geschmack befriedigt werden konnte – der Mensch sollte glücklich werden in der Wasserwelt des Taifunhafens!

Ich war das letzte Mal mit einem australischen Berufskollegen in dieser Gegend gewesen, vor Monaten. Er suchte einen Mann, der hier Quartier genommen hatte und dem von einem in Melbourne verstorbenen reichen Onkel ein Vermögen zugefallen war. Wir fanden ihn. Er pfiff nahe an einem Herzanfall vorbei, als er erfuhr, was auf ihn wartete.

Damals war mir die Wasserstadt wie ein Stück des alten, verblassenden Chinas vorgekommen, das man unbedingt bewahren sollte. Zumal ich gerade in Shanghai zu tun gehabt hatte, wo ich ziemlich traurig darüber geworden war, daß es heute mehr an Manhattan erinnerte als an das China, aus dem die Vorfahren meiner Mutter einst nach Hongkong gesiedelt waren.

So ließ ich meinen Blick etwas melancholisch über den Wald von Bootsmasten streichen, lauschte dem vielstimmigen Chor der lachenden, weinenden, schimpfenden, sich freuenden oder streitenden Bewohner dieses schaukelnden Erdteils und atmete den Duft ein, der vom Wasser herüber kam: Tang, Salz, Kochfeuerrauch, Fisch, Schweiß, Abgase ...

Ich fuhr auf, als die Stimme hinter mir gedämpft sagte: »Sie bleiben ganz ruhig, Mister! Keine Bewegung! Nicht umdrehen ...«

Gleichzeitig wurde ein kalter Gegenstand in meinen Nacken gedrückt. Irgend etwas an der Stimme kam mir bekannt vor, aber ich hätte nicht sagen können, in welchem Zusammenhang. Ein Überfall? Am hellen Tage? Auf einer Bank am Kai des Taifunhafens?

»Tragen Sie eine Waffe?«

Ich beschloß, die Sache etwas in die Länge zu ziehen. Ein alter Polizeitrick, mit dessen Hilfe man die Aufmerksamkeit eines solchen Täters einschläfern und ihn eventuell überraschen kann. Funktionierte nicht immer. Aber manchmal.

»Nun ja«, begann ich weitschweifig, »eigentlich habe ich manchmal einen Chiefs Special in der Tasche. Wissen Sie, das sind diese riesigen Dinger, die so laut knallen ... unangenehm laut ... und Löcher reißen die, da hat gut und gerne ein Daumen drin Platz ... Aber heute habe ich die Knalle nicht dabei ... ich bin privat unterwegs, wissen Sie ...«

»Geld!« forderte der hinter mir Stehende rauh. »Ganz langsam in die Tasche fassen!«

Ich befolgte die Aufforderung. Freute mich auf seine Enttäuschung. Hielt ihm meine Brieftasche hin: »Das kleine Fach, bitte!«

In diesem Augenblick drückte nichts mehr auf mein Genick. Und die Stimme hinter mir kippte in ein vergnügtes Lachen um.

»Sieh da, vierzig Dollar, das lohnt nicht! Zahlen die Kunden immer noch so schlecht?«

Jetzt wußte ich plötzlich, wer sich da mit mir einen Scherz erlaubte, denn er schlug mir freundschaftlich auf die Schulter, hopste über die Lehne und setzte sich neben mich: Elvis Mou!

Er hatte zur gleichen Zeit wie ich bei der Polizei angefangen, damals. War etwas früher als ich ausgeschieden. Wir hatten ihn nach dem Rocksänger genannt, weil er dessen Haarschnitt nachahmte, und weil er überhaupt für ihn schwärmte, sogar seine Schallplatten sammelte. Eines Tages hatte er sich hierher zurückgezogen, das hörte ich. Handelte mit etwas, hieß es. Aber ich hatte nicht erfahren, womit.

Wir brauchten einige Zeit, um uns ausgiebig zu begrüßen, uns zu erzählen, wie wir seit dem Abschied von der Polizei zurecht gekommen waren, wie wir verdienten ...

»Und du verkaufst Universalgebisse für den zahnlosen Opa?« zog ich ihn schließlich auf. Er lachte.

»Falsch, großer Ermittler! Es sind Opiumpfeifen!«

Ich verzog das Gesicht. Drogen waren bei uns gegenwärtig. Nur Opium war total aus der Mode. Koks, Hasch, Tee, Shit und hundert Chemikalien hatten es abgelöst.

Er klärte mich auf: »Nicht zum Rauchen. Zum Mitnehmen, Junge. Aufstellen zu Hause. Als Trophäe. Zimmerschmuck. Für Touristen. Was meinst du, wie verrückt die auf Uropas Wasserpfeife sind! Möglichst alt aussehend. Noch verkrustet vom letzten Trip, um die Zeit etwa, als die europäischen Menschenrechtserfinder uns zusammen mit den Japanern da oben in Shantung ihre neue Religion beibogen! Muß nach verbranntem Tabak stinken. Risse haben. Großartiges Geschäft ...«

Auch er war im Mutterland gewesen, an der Küste. Und ihm ging es ähnlich wie mir, er bedauerte, daß trotz der reichlich verbliebenen alten Viertel in den großen Städten die Wolkenkratzer wohl doch unaufhaltsam ihren Siegeszug angetreten hatten.

Später nahmen wir uns ein Wallah Wallah und kurvten hinaus zu seinem Boot. Ich besah mir das Produkt, das er herstellte, und ohne Rücksicht darauf, daß es ihn vielleicht übermäßig stolz machen könnte, lobte ich die verschiedenen Muster von Opiumpfeifen. Sie waren in der Tat den echten, die noch vor Jahren in guten Kramläden angeboten worden waren, so täuschend ähnlich, daß selbst ein Fachmann seine Schwierigkeiten haben würde, sie von ihnen zu unterscheiden.

Als ich auf meine Uhr sah, wollte Elvis wissen, ob ich es eilig hätte. Ob mich dienstliche Angelegenheiten drückten. Ich hätte doch so ausgeruht da drüben auf der steinernen Bank gesessen.

Ich sah keinen Grund, ihm nicht zu erzählen, weshalb ich überhaupt in dieser Gegend war.

Dabei begann er bald zu grinsen, und als er meine Verwunderung darüber bemerkte, eröffnete er mir freimütig: »Weißt du, Wong ist ein guter Mann, was Karate angeht. Einer der besten. Er hat das, was von den Shaolin-Mönchen stammt, ganz raffiniert mit dem vermischt, was die Koreaner in ihrem Kung Fu praktizieren und die Japaner in ihrem Aikido. Auf diese Weise lehrt er eigentlich nichts rein Überliefertes, sondern eine neue Mischung von Verteidigungstechnik. Tödlicher allerdings als alle einzelnen Elemente für sich. Aber ...«

Als er zögerte, ermutigte ich ihn: »Was ist? Nicht ganz sauber?«

»Kann man über ihn selbst nicht sagen. Aber er hat jetzt ein paar Leute vom Mutterland angestellt, die haben mir von Anfang an nicht so recht gefallen. Ich habe mich daraufhin etwas zurückgezogen.«

»Ach, du hast mit ihm zu tun gehabt?«

»Ich habe Anfänger trainiert. Lockerungsübungen und sowas.«

Das war eine echte Überraschung. Aber natürlich war Elvis in solch einer Schule nicht ganz fehl am Platze gewesen, fiel mir ein. Die Polizei bildete ihre Leute auch in Selbstverteidigung aus, also beherrschte er einiges, das man Anfängern ganz gut vermitteln konnte.

»Ist dir da eine Miß Silva untergekommen?«

Er überlegte nicht lange. Sagte: »Ist mir. Liegt noch nicht lange zurück.«

»Hübsches Wesen, wie?« tippte ich ihn vorsichtig an.

Er nickte. »Aparte Dame, ja. Kennst du sie näher?«

Ich gab unverbindlich zurück: »Hatte beruflich mit ihr zu tun. Ist sie drüben noch im Training?«

Er bewegte die Schultern. »Wahrscheinlich. So genau habe ich allerdings in der letzten Zeit die Sache nicht verfolgt. Obwohl, ab und zu sehe ich Wong noch. Wie ich sagte, es sind nur die Neuen ... die gefallen mir nicht. Schrott aus dem lieben Mutterland. Haben meist unter Verschluß gelebt. Stellen das natürlich politisch hin. Haben aber von Politik keine Ahnung. Im Gegensatz zu allen möglichen Tricks – die beherrschen sie. Man weiß aus der Polizeierfahrung noch, woher sie die haben! Unsere Ganoven hatten die auch. Nun gut, ich betreibe ja inzwischen sowieso mein Geschäft mit den Pfeifen ...«

Ich nahm mir vor, bei passender Gelegenheit noch einmal auf Miß Silva zurückzukommen, aber das hatte Zeit. Wir fuhren wieder an Land, und er begleitete mich bis zu meinem Auto. Nahm mir das Versprechen ab, daß ich bald wieder einmal käme. Zum Schluß wollte ich nur noch wissen, was es gewesen war, das er mir vorhin auf der Bank am Wasser ins Genick gedrückt hatte: »Pistole?«

Er lachte. Zog aus der Rocktasche ein Handy hervor und hielt es mir hin: »Schreib dir die Nummer auf. Kann nie schaden!«

Ich folgte seinem Rat.

In diesem Augenblick sah ich Miß Silvas koreanischen Straßenflitzer mit dem Stoffverdeck an

Wongs Karateschule vorfahren. Ich zog Elvis zu mir ins Auto, und wir beobachteten, wie die Lady ausstieg, wie sie mit zierlichen Trippelschritten zur Tür ging und in dem Bau verschwand.

Alles was Elvis zu sagen hatte, war: »Bodenübungen mit der, mein lieber Junge, da kann dir schon aufgehen, warum die Götter das Weib schufen!«

Damit verabschiedete er sich.

Während ich westwärts fuhr, ärgerte ich mich noch eine Weile, daß ich auf seinen Trick mit dem Handy hereingefallen war. Doch dann gewann der Gedanke an meinen Auftrag wieder die Oberhand. Ich hatte die unangenehme Pflicht vor mir, Onkel Stan mitzuteilen, daß seine Nichte nicht mehr lebte. Daß ich keine direkte Spur zu ihrem Mörder vorweisen konnte. Allerdings eine mich selbst langsam quälende Ahnung, die mit der Erbfolge zusammenhing. Ob ich die äußern sollte?

Der König der Spielsalons empfing mich wie einen guten alten Freund. Wir saßen in seinem Chefzimmer im *Palace*. Er hatte Rotwein eingegossen und sah mich erwartungsvoll an. Als ich ihm so rücksichtsvoll wie möglich mitteilte, was geschehen war, stellte er das schon erhobene Glas auf den Tisch zurück, ohne getrunken zu haben. Schwieg. Starrte vor sich hin. Es dauerte eine Weile, bis er die erste Frage an mich richtete.

»Was, um Himmels willen, kann der Grund dafür sein?«

Ich erzählte ihm, daß die Tote ihren teuren Brillantring am Finger gehabt hatte: »Raubmord scheint auszuscheiden.«

»Aber – sie hatte keine Feinde, soweit ich weiß!«

»Miß Silva meinte das auch. Die dritte Teilhaberin der Firma ...« Das war sehr vorsichtig gesagt.

Stanley Haw kannte die Eigentumsregelung, die vom Ehepaar Ronaldo und Miß Silva getroffen worden war. Als ich mich dezent danach erkundigte, äußerte er sich auch ohne Hemmungen dazu, weshalb er nicht in das Geschäft investiert hatte. »Wenn es nötig gewesen wäre, hätte ich das selbstverständlich getan. Es war nicht erforderlich, bisher. Und es machte mir Spaß, zu beobachten, wie meine Nichte die Sache meisterte. Ich glaube, sie wußte schon, daß ich im Falle eines finanziellen Engpasses sofort eingegriffen hätte ...«

»Jetzt bleibt nur noch Miß Silva«, erinnerte ich ihn.

»Eine tüchtige Frau!«

Ich stimmte ihm zu. Daß sie auch eine steinreiche Frau war, verkniff ich mir zu sagen.

Wir riefen Nelson Quok an, und Mister Haw erkundigte sich, ob er seine Nichte noch einmal sehen könne. Das sagte Nello zu, er versprach auch, dem Pathologen sogleich Bescheid zu geben. Dann richtete er an mich die etwas eigenartige Aufforderung, ich solle ihn über mein Handy anrufen, sobald ich auf der Fähre sei, im Augenblick habe er viel zu tun.

»Was hast du so Geheimnisvolles zu vermelden, das Mister Haw nicht hören sollte?« erkundigte ich mich, sobald die Jet-Foil abgelegt hatte.

Nello kicherte: »Keine Panik, bitte, ich wußte nur nicht, ob dieser Onkel Stan vielleicht einen Lautsprecher angeschaltet hatte. Wollte ihm den Schock ersparen. Gruß an dich von Nooki, dem Leichenschänder. Er hat die Brilliantenlady auseinander genommen. Ich soll dir ausrichten, sie ist mindestens schon eine Stunde tot gewesen, als sie ins Wasser kam. Keine Spur von Vergewaltigung. Und die Todesursache ist ein Genickbruch, der so sachgemäß ausgeführt wurde, daß ein Mediziner seine helle Freude daran haben könnte. Genau nach dem Buch. Und wahrscheinlich mit der bloßen Hand. Eh ... Kante der Hand wohl. Keine Spuren eines harten Gegenstandes ...«

»Danke, Nello«, sagte ich. Er erinnerte mich noch: »Wenn deine Mutter wieder einmal diese gewickelten Dinger machen sollte ...«

Ich drückte das Aus-Knöpfchen und überließ mich meinen Gedanken, während die Fähre in Richtung Hongkong zischte. Mit der bloßen Hand ... Kante ...

Einen ganzen Tag tat ich nichts. Ging nicht mal in mein »Büro«. Faulenzte auf meiner Dschunke herum und beschäftigte mich, um mir selbst nicht ganz asozial vorzukommen, gelegentlich mit ein paar kleinen Reparaturen. Bis alle losen Bretter angenagelt und alle Eßschalen gewaschen waren. Dann fiel mir ein, daß es vielleicht nützlich wäre, Bobby Hsiang anzurufen. Eigentlich wollte ich ihn fragen, ob er inzwischen das Haus der Ronaldos in Augenschein genommen hatte. Und dann wollte ich ihm mitteilen, was Ti. Wo. hieß. Schon weil er über den Computer herausfinden könnte, ob es über den Mann und seine Schule etwas gab, das für die Polizei genauere Beschäftigung mit beiden aussichtsvoll machte.

Beides blieb mir im Hals stecken, weil Bobby mich sofort rüde anbellte: »Höchste Zeit, daß du dich meldest! Wo bist du?«

»Aberdeen«, sagte ich, »da wo der Stadtteil Honolulu anfängt.«

»Spar dir den Quatsch! Machst Innendienst, wie? Währenddessen stirbt der Welt ein Glied nach dem anderen ab!«

»Interessanter Vorgang«, bemerkte ich, »hat die Welt mehrere Glieder?«

Er ging nicht darauf ein. Zischte: »Komm her, los!«

»Und wohin, bitte?«

»Kowloon. Am alten Bahnhof. Freizeitzentrum.«

»Aber ...«, warf ich verdutzt ein, »das dauert, bis ich das geschafft habe ... von Aberdeen aus ...«

»Mach dich auf, ich habe hier sowieso noch zu tun!«

»Bei diesem Bai Liu etwa? Dem Modeonkel?«

Er hatte schon aufgelegt. Ich gab mir Mühe, keine Rotsignale zu überfahren, aber im Rahmen der Möglichkeiten meines Toyotas fuhr ich eine Geschwindigkeit, die allein schon sträflich war. Anscheinend hatte ich Glück, es hielt mich niemand in Uniform an. Als ich in den Parkplatz einbog, nach einer Fahrt, von der ich mich am liebsten erst einmal eine Stunde ausgeruht hätte, beschlich mich angesichts mehrerer Polizeifahrzeuge die Ahnung, daß es hier eine Überraschung gab, die nicht ausgesprochen freudig war.

Ich behielt recht. Bobby Hsiang, ganz Offizieller, schoß auf mich zu, als ich ausstieg, warnte mich mit einem zugekniffenen Auge, weil es Kollegen in der Nähe gab, und fuhr mich an: »Was willst du hier?«

»Der Polizei helfen«, gab ich zurück, wie ich es in solchen Fällen meist tat, um Bobby möglichst nicht zu kompromittieren. Dann warf ich einen Blick über seine Schulter. Da lag, auf einer Bahre, der Parkplatzwächter.

»Tot?«

Gerade noch verständlich knurrte Bobby: »Genickbruch. Sonst keine Verletzung.« Er winkte mir, in die inzwischen von den Spurensuchern geräumte Bude des Mannes zu treten, und hier eröffnete er mir: »Der Genickbruch ist absolut fachmännisch ausgeführt. Ganz wie bei Mrs. Ronaldo. Sagt dir das was?«

Es sagte mir eine ganze Menge.

»... Er sah, wie Mrs. Ronaldo in einem fremden Wagen von hier wegfuhr. Keine Nummer. Kein Name. Nicht viel wert, die Beobachtung. Ich wollte, daß er mich benachrichtigt, falls der Wagen etwa wieder einmal hier auftaucht ...«, äußerte ich mich.

»Mich sollte er auch anrufen«, brummte Bobby gallig. Ich wollte wissen: »Wie lange ist er tot?«

»Nach meiner Schätzung seit dem frühen Morgen. Hast du mit jemandem über seine Beobachtung gesprochen, die er dir mitteilte?«

Ich hatte. Mit Miß Silva. Als ich das Bobby eröffnete, schien es ihn nicht sonderlich zu erschüttern. Ich ergänzte meine Beichte, indem ich ihn aufmerksam machte: »Mir ist da auf dem Anrufbeantworter von Mrs. Ronaldo etwas aufgefallen, darauf sollte man vielleicht etwas Aufmerksamkeit ...«

Er unterbrach mich: »Du meinst den Anruf von diesem Mister Liao Tu?«

Als ich nickte, wischte er die Sache mit einer Handbewegung weg: »Ich habe das Band abgehört. Nachdem der Wagen der Toten untersucht war, habe ich es sicherstellen lassen. Fand es zuerst nicht so wichtig. War, wie ich jetzt begreife, ein Irrtum von mir. Ist im Zusammenhang mit diesem Toten hier schon ganz interessant ...«

»Gibt es einen solchen Mann? Liao Tu?« Ich spielte auf den Polizeicomputer an.

Bobby schüttelte den Kopf. »Nichts zu finden.« Unvermittelt wollte er wissen: »Hast du eine Waffe dabei?«

Das irritierte mich. Wir befanden uns nicht in einer Schieß-Unternehmung. Deshalb erinnerte ich ihn: »Du weißt, ich nehme das Ding bloß in schweren Fällen mit!«

Er deutete nach draußen, während er sich eine *Bastos* aus der Packung fischte. »Ist das nicht schwer genug?«

»Wie meinst du das?«

Er blies mir eine Wolke ekelhaften Gestanks ins Gesicht und dozierte seelenruhig: »Ich meine, dem Mann wurde das Genick gebrochen, weil er gesehen hat, mit wem Mrs. Ronaldo wegfuhr.«

Kleinlaut warf ich ein: »Aber – das hieße, Miß Silva ...«

Ungerührt machte Bobby mich aufmerksam: »Sie könnte es einem Dritten weitererzählt haben, einem Vierten, Fünften ... unabsichtlich, eben so ...«

»Ich werde sofort hinfahren und sie fragen«, erbot ich mich. Aber Bobby pfiff mich an: »Das genau wirst du nicht! Wirst dir deinen Chiefs Special einstecken, als erstes. Wenn nämlich dieser Karate-Künstler, der die Ronaldo und den Wächter so fachmännisch ausgeschaltet hat, den Verdacht hegt, daß du erfahren hast, wie er aussieht, ist dein zartes Genick in Gefahr. Begriffen?«

Ich nickte abwesend. War plötzlich nicht mehr so ganz bei der Sache. Die Alarmglocke war an. Karate-Künstler? Wenn Bobbys These richtig war, und die beiden Toten nach ein und derselben Methode umgebracht wurden, von ein und demselben Täter, dann machte das Miß Silvas Hobby mit einemmal hochbrisant. Wo war das mögliche Verbindungsglied von der zarten, aparten Frau zu einem Mörder, der das hatte, was in der Reklame für den Kampfsport nicht selten »Stahlhand« genannt wurde?

»Es soll«, erinnerte ich Bobby schnell, um zu verdrängen, daß auch Frauen bei Karate eine Stahlhand bekommen können, »eine Art Lieferwagen von Daihatsu gewesen sein. Dunkel ...«

Bobby knurrte: »Von Daihatsu laufen bei uns einige tausend.«

Draußen rief jemand: »Inspektor, wir sind hier fertig!«

Bobby rutschte von der Tischkante, auf der er gehockt hatte. An der Tür angekommen, ermahnte er mich nochmals eindringlich: »Nimm das mit der Waffe ernst! Wir wissen noch nicht, warum er tötet. Aber er ist in dem Handwerk ein Profi!«

»Und Miß Silva? Soll ich sie informieren?«

Er kannte mich gut genug, um an meiner ablenkenden Frage zu merken, daß ich seine Warnung wohl ernst nahm, das aber nicht eingestehen wollte. Kam noch einmal zurück und trat ganz dicht an mich heran. Sagte leise: »Wir haben inzwischen drei weitere Tote. Alle auf dieselbe Weise umgebracht. Genickbruch. Sonst nicht die geringste Verletzung. Bei keinem gibt es eine Verbindung zu den Ronaldos. Aber – der Mann hinterläßt eine Handschrift, die ist unverwechselbar ...« Er hob mir die Faust vor die Nase und spreizte den Zeigefinger ab: »Keiner dieser drei anderen Toten war übrigens ein Schwächling. Oder ein Dummkopf. Gut, wenn du das weißt, du Heldendarsteller!«

Was er mir da mitteilte, mahnte schon zu einer gewissen Vorsicht. Wenn es mich auch nicht vor Angst gleich schrumpfen ließ. Dafür hatte ich schon zu viele Kerle erlebt, die Leute umbrachten, egal aus welchen Gründen. Ich wiederholte meine Frage an Bobby: »Was ist nun mit Miß Silva? Soll ich sie informieren oder nicht?«

Er winkte ab. Lächelte, als könne er meine Gedanken lesen. Sagte, ohne noch einmal daran zu rühren: »Um die Lady kümmere ich mich jetzt gleich. Ich muß ihr persönlich mitteilen, daß wir Mrs. Ronaldo gefunden haben. Daß sie tot ist. Daß wir auch ihr Auto sichergestellt haben. Alles das. Mittag geht es sowieso offiziell an die Nachrichtenbüros.«

Ich hatte zwar Bedenken, aber ich entschloß mich doch, bevor wir uns trennten, Bobby auf meine Entdeckung aufmerksam zu machen, daß Miß Silva ein Karate-Studio besuchte. Er hörte sich das gelassen an. Gab nicht zu erkennen, wie er ihr Hobby bewertete oder ob er vielleicht sogar schon davon wußte. Fragte aber nach einer Weile: »Wie ich dich kenne, wirst du jetzt zu diesem Schlagschuppen gehen. Oder?«

»Ich war schon dort. Werde es mir auf diese fünf Genickbruchmorde hin jetzt genauer ansehen.«

Er äußerte sich zu der Absicht nicht. Schärfte mir nur noch einmal ein: »Nimm ab heute deinen Chiefs Special mit!«

Bis ich in der Nähe von Tiger Wongs Einrichtung ankam, war es Nachmittag. Und bis ich einen annehmbaren Parkplatz fand, hatte der Nachmittag graue Haare.

Ich hatte mir überlegt, daß ich vielleicht den Anschein erwecken sollte, selbst diesen edlen Kampfsport erlernen zu wollen. Ich würde etwas näher an Leute herankommen, die mit der Kante der flachen Hand töten konnten. Sofern sie das wollten. Dabei verfügte ich auf diesem Gebiet selbst über einige Kenntnisse. Die hatte ich noch als Polizist erworben. Stählerne Handkante hin oder her – es kam darauf an, schneller als der Gegner zu sein. Dann tötete auch eine Handkante, die nicht »aus Stahl« war.

Überraschend fand sich für mich eine günstige Gelegenheit, das Treiben auf den Matten erst einmal aus einem gewissen Abstand zu beobachten. Als Zuschauer. Ohne daß ich mich selbst gleich voll in den gefährlichen Sport stürzen mußte.

Am Eingang des Studios, das auch eine Autoeinfahrt hatte, wie ich entdeckte, befand sich eine verglaste Kabine, aus der mir eine junge Dame von leidlichem Aussehen entgegenblickte. Ich grüßte höflich. Hoffte, daß sie das durch die Zotteln ihres bis zu den Unterlidern reichenden Ponys wahrnahm. Sie grüßte höflich zurück und hielt mir sogleich ein Ticket hin: »Zwanzig. Eine Stunde.«

»Eeh ...«, machte ich überrascht, »ich wollte eigentlich nicht gleich das Haus kaufen ...«

Nun grinste sie. Ich bemerkte es trotz des Ponys. »Schon klar, Sie wollen erst mal gucken! Der Aufgang ist da drüben!«

Sie deutete zu einer Treppe aus Steinstufen, die aufwärts führte. »Wenn Sie länger als eine Stunde zusehen wollen – die Bedienung verkauft außer Getränken auch Verlängerungstickets.«

Ich schob ihr durch das Loch in der Glasscheibe zwei Zehner in die geöffnete Hand und nahm das Papierchen. In meiner Unwissenheit hatte ich mir nicht vorstellen können, daß Tiger Wong nicht nur mit seinem Lehrprogramm Geld machte, sondern daß er selbst für das bloße Ansehen des Trainings kassierte.

Am Ende der Treppe lag ein langer, mäßig beleuchteter Raum, der an einer Seite völlig verglast war. Wie mich ein Schild belehrte, mit einseitig verspiegeltem Material, ähnlich dem, das die Polizei in ihren Identifikationsräumen verwendete. So konnten Zuschauer aus der Trainingshalle heraus nicht wahrgenommen werden. Es gab an der Scheibe Sitzgelegenheiten. Ein Servicemädchen, im üblichen Mini, mit weißer Schürze, winkte mir und dirigierte mich zu einem Platz, von dem aus ich, bequem sitzend, nach unten blicken konnte, wo der Kursusbetrieb lief. Sie fragte mich, ob es Cola oder Bier sein sollte. Fügte verschämt an: »Wir haben auch Tee ...«

Ich entschied mich für Cola. Und dann beobachtete ich erst einmal, was da unten vorging. Mit mir zusammen taten das etwa ein halbes Dutzend Leute, von denen sich schwer sagen ließ, ob es sich bei ihnen um Liebhaber dieser Kampfsportart handelte oder ob sie einfach aus Langeweile hier saßen, um den grauhaarigen Nachmittag endgültig totzuschlagen. Jedenfalls sorgten sie dafür, daß ich nicht so leicht für einen Schnüffler gehalten werden konnte. Nachdem das Mädchen meine Cola gebracht hatte, widmete ich mich dem, was die vier Lehrer mit ihren Kursanten in der Halle im Erdgeschoß anstellten.

Eine Stunde später hatte ich einigermaßen begriffen, daß hier eine Art Körperertüchtigung lief, verbunden mit einer Belehrung über die Verwendung eigener Gliedmaßen zur Tötung von unbequem gewordenen Mitmenschen. Das sah alles sehr sportlich aus, von der Ausstattung der riesigen Halle bis zu den schmissigen Kostümen. Besonders die der Damen waren so gearbeitet, daß die Reize, vorausgesetzt sie waren vorhanden, vorteilhaft hervorgehoben wurden. Juristisch war gegen diesen Kampfsport nichts einzuwenden. Es gab Dutzende, wenn nicht Hunderte solcher Studios bei uns.

Hin und wieder sah man einen Schlag oder einen Tritt, der den Gegner sehr leicht in den Sarg bringen konnte, wäre er ernsthaft ausgeführt. Aber insgesamt wurde mit der Vorstellung, daß man eine ganz besondere Art der Selbstverteidigung beigebracht bekam, eher die Eitelkeit von Leuten bedient, die sich gern einbildeten, es bedrohe sie jemand.

Und schließlich brachte das Hopsen und Schlagen dem Veranstalter ja Geld ein! Ein Geschäft im Rahmen der Gesetze. Eiferer hatten oft genug versucht, dagegen Sturm zu laufen. Aber ebensogut hätte man verlangen können, Schwitzbäder und Diätkuren zu ächten, Managerkurse oder Striptease-Lehrgänge. Keine Chance etwa für ein Verbot!

Interessant waren die vier Lehrer, die sich da unten abmühten, den meist noch ziemlich ungelenken Figuren beizubringen, wie man sich so bewegte, daß Muskeln und Sehnen möglichst erst nach der Trainingsstunde zu schmerzen begannen. Sie taten das nicht ohne einen gewissen Erfolg, wie ich beobachten konnte. Aber was interessant war – sie hatten eine drollige Art der Verständigung miteinander. Ein Fremder hätte sich verwundert gefragt, weshalb sie ihre Kursanten immer wieder einmal zu sich riefen und ihnen dann ihre linke Handfläche hinhielten, auf die sie mit dem Zeigefinger der rechten Hand Schriftzeichen malten. Ein Vorgang, aus dem ein Chinese sofort erkennt, daß hier Bürger aus sehr verschiedenen Provinzen des riesigen Reiches miteinander kommunizieren. Schriftlich sozusagen. Weil sie den jeweils von ihnen gesprochenen Dialekt nicht verstehen. Zumal es nicht selten kein Dialekt mehr ist, sondern bereits eine eigene Sprache. So unterschiedlich etwa wie Deutsch und Schweizerisch. Nur die Schriftzeichen sind eben gleich. Und deshalb gibt es diese ebenso eigenartig anmutende wie praktische Methode, dem Gesprächspartner auf der Handfläche aufzumalen, was man meint. Seit mehr Brüder aus dem großen Reich im Norden zu uns ehemaligen Kolonialuntertanen nach Hongkong kommen, sieht man dergleichen bei uns öfter als früher. Es schien für diese Schule des Schlagens und Tretens geradezu charakteristisch zu sein. Was nichts anderes hieß, als daß hier Lehrer aus dem Mutterland arbeiteten, die Mandarin sprachen, wie es in ihrer Heimat üblich war, und die unser Kantonesisch ebenso wenig beherrschten wie das Allerwelts-Englisch, mit dem man sich ja in Hongkong gleichermaßen verständigen konnte.

Ich erinnerte mich an die Bemerkung, die Elvis Mou gemacht hatte, der Hersteller echt aussehender Opiumpfeifen, unten auf seinem Boot, als er von seiner Tätigkeit hier erzählte. Über Lehrer aus dem Mutterland, die ihm nicht ganz faltenfrei vorgekommen waren. Und dann, während in der Halle hinter der magischen Glasscheibe das betrieben wurde, was die einen für Sport hielten und die anderen für einen guten Gelderwerb, überlegte ich, weshalb ich eigentlich hier herumhockte und mir Gedanken über Selbstverteidigungs-Freaks machte: In den paar Tagen, seit mir Onkel Stan seinen generösen Scheck übergab, war Mrs. Ronaldo gefunden worden. Als Tote zwar, aber mein Auftrag war damit erledigt. Nie zuvor hatte ich mit weniger Mühe ein derart üppiges Honorar eingestrichen. Onkel Stan hatte mich nicht anschließend noch dazu engagiert, den vermeintlichen Mörder seiner Nichte zu finden. Das überließ er wohl doch lieber der Polizei, weil er wußte, daß die bei Mord von sich aus ermitteln würde. Also konnte ich mich doch eigentlich irgendwo an den Strand legen und mir die Sonne auf den Bauch scheinen lassen, oder?

Während derlei Gedanken in meinem Kopf

umherschwirrten, fiel mir ein, daß ich Elvis Mou anrufen könnte. Warum nicht mit ihm in einer der nächstliegenden Kneipen ein Bier trinken? So schnell würde ich nicht wieder in seiner Gegend zu tun haben, also war ein Abschiedstrunk zu vertreten. Kurzentschlossen griff ich nach meinem Handy und tippte die Nummer ein, die ich vom Zettel ablas. Unten erschien gerade ein neuer Lehrer. Aber er begann nicht das Training mit Kursanten, er unterhielt sich nur kurz mit einem der anderen Lehrer und verschwand dann in einem über der Halle gelegenen Glasverschlag, aus dem ein Mann, von dem man nur Kopf und Hals sah, geruhsam einen Blick auf das Treiben der Kursanten warf – wie ich annahm, der Chef des Unternehmens, »Tiger Wong«.

»Hallo«, kam die Stimme von Elvis aus meinem Handy, »hier ist die Firma Mou, Ihr fachmännisch verläßlicher Partner, wenn es um die Anschaffung echter Antiquitäten von bleibendem Wert geht! Was können wir für Sie tun?«

Ich verstellte meine Stimme: »Sie werden einhunderttausend Hongkong-Dollar, schön in einen Koffer verpackt, vor dem Eingang des Tin Hao Tempels, auf der Seite der Public Square Street ablegen, daneben stehen bleiben, wie wenn sie auf ein Taxi warten, und das Taxi wird kommen ...«

Ich hatte ihn unterschätzt. Er setzte lachend fort: »Und dann werde ich den Koffer in das Taxi schmeißen, und Lim Tok wird damit davonfahren, er wird mein Boot nicht versenken ...! Bist wieder in der Gegend, wie?«

»Komm rüber«, forderte ich ihn auf. »Ich stehe mit meinem Toyota an Tiger Wongs Etablissement und habe Lust auf ein Bier mit dir!«

Er sagte sofort zu: »Auf die alten Zeiten? Bin unterwegs. Laß mir eine halbe Stunde für die Anreise!«

Nach einer Weile brach ich auf. Der freundlichen jungen Dame im Parterre winkte ich zu: »Komme bald mal wieder vorbei!« Dann war ich draußen.

Ich stieg in mein Auto, das etwas abseits stand, und fuhr in eine der Parklücken, die sich inzwischen gegenüber von Tiger Wongs Studio aufgetan hatten.

Eine Viertelstunde mochte vergangen sein, da geschah etwas, das, wie ich erst später begriff, eine völlige Veränderung meines Denkens bewirkte. Auf der anderen Straßenseite fuhr ein kleines Schmuckstück vor: Miß Silvas koreanisches Coupé! Von ein paar Obstverkäufern und Zigarettenhändlern auf dem Bürgersteig beifällig betrachtet, stieg die Lady aus. Was sage ich: Sie stieg nicht einfach aus – sie erschien! Eine der bemerkenswertesten Schönheiten weit und breit, gekleidet in ein blütenweißes Tennis-Outfit. Sie ging nicht etwa, sondern sie begab sich mit dem Schritt eines Versace-Models zum Bürgersteig, in einer Manier, als habe sie vor einer halben Stunde das Pazifische Einzel der Damen gewonnen.

Mein Blick klebte an der Lady, die mich in der letzten Zeit so gefährlich beeindruckt hatte, daß Pipi, wüßte sie davon, mich vermutlich zu einem

Psychiater schicken würde. Ich sah, daß aus der Tür von Tiger Wongs Sporthalle jener von mir für einen Lehrer gehaltene Besucher trat, der zuletzt im Trainingsraum erschienen und dann in die Glaskabine des Chefs gegangen war. Die Dame Silva und er standen sich plötzlich auf dem Bürgersteig gegenüber. Während das Interesse der Obstverkäufer und Zigarettenhändler nachließ, unterhielten sich Miß Silva und der Unbekannte, als wäre dieses Treffen nicht etwa ein Zufall, sondern eine lange verabredete Sache.

Erst jetzt bemerkte ich, daß der Fremde klein war. Kaum die Größe von Miß Silva hatte, die man ihrerseits zu den zierlichen Figuren zählen konnte. Daß er aus dem Mutterland stammte, und zwar nicht aus der Kantoner Gegend, sondern aus dem Norden, erkannte man daran, daß er zur Unterstützung dessen, was er sagte, bei der Unterhaltung mit Miß Silva gelegentlich Schriftzeichen auf seine Handfläche malte. Dabei machte er nicht etwa ein freundliches Gesicht, wie ich es garantiert gemacht hätte bei einem Gespräch mit einer so aparten Dame. Nein, sein Gesicht war ziemlich verkniffen. Es machte den kleinen, recht durchschnittlich aussehenden Mann noch durchschnittlicher. Eine unerhebliche Person. Und Miß Silva redete auf ihn ein, als gelte es, ein Geschäft abzuschließen! Ließ ihn nicht stehen, als er ihr offensichtlich nicht sehr freundlich antwortete, sogar mit nicht zu verwechselnder Geste an die Stirn tippte. Unwirsch wurde, wie man sehen konnte. Mich beschlich das Gefühl, Zeuge eines recht aufschlußreichen Geschehens zu sein.

Da riß plötzlich jemand die Beifahrertür auf, und ich erinnerte mich daran, daß ich ja Elvis Mou erwartete. Er war es. Schwang sich neben mich und begrüßte mich mit einem Hieb auf die Schulter: »Fahr los, da vorn ist eine von den zweihundert Spelunken, die sich *Hollywood* nennen. Die führen Pekinger Pilsener, das ist trinkbar ...«

Ich machte eine Bewegung mit dem Kopf, und Elvis spähte durch die Frontscheibe, meinem Blick folgend. Entdeckte Miß Silva und den jungen Fremden. Sagte ohne nennenswerte Gefühlsbewegung: »Na ja, das ist die Lady, nach der du neulich gefragt hast. Und der Kerl ist einer von denen ... die neu kamen ...«

»Die du nicht riechen konntest?«

»Ich habe einen ausgesprochen angenehmen Bierdurst!« freute er sich, statt meine Bemerkung zu bestätigen. Und in diesem Augenblick ließ der kleine Mann Miß Silva einfach stehen. Ging davon. Die Lady sah ihm verblüfft nach. Stand wie angewurzelt. Sah zu, wie er in ein schwarzes Auto stieg, das ich bisher übersehen hatte: eine Art Lieferfahrzeug. Daihatsu. Noch bevor ich mich erinnerte, daß der ermordete Parkplatzwächter von so einem Stadtlieferwagen gesprochen hatte, sah ich an der Fahrertür die Beschriftung, die der Wächter ebenfalls erwähnt hatte. Er meinte, es sei die Reklame eines Clubs gewesen. Hatte sich geirrt. Es vermutlich nicht gut erkennen können. Nicht so recht hingeschaut. Da stand: *SPRING – Der Frühlingsrollen-Service*. Weiß auf dem dunklen Untergrund der Tür. Genau so hatte der Wächter das Fahrzeug geschildert, in dem Mrs. Ronaldo ...

Ich ließ den Motor an und fuhr aus der Parklücke. Folgte dem Daihatsu. Sah bei einem Blick in den Rückspiegel gerade noch, daß Miß Silva zum Eingang der Garage von Tiger Wongs Sporthalle ging. Gehörte sie vielleicht zu den Bevorzugten, die ihr Auto da abstellen durften?

Als ich auf Sichtweite an den Frühlingsrollen-Lieferwagen heran war, entdeckte ich auf dessen Rückscheibe auch noch das, was der Parkplatzwächter ebenfalls im Gedächtnis gehabt hatte – den runden Aufkleber. Für mich gab es keinen Zweifel mehr, hier fuhr der Wagen, in dem Mrs. Ronaldo vom Parkplatz am Freizeitzentrum weggebracht worden war! Vermutlich schon tot. War dieser kleine Mann auch derjenige, der ihr das Genick brach und sie dann da drüben, an der Hung Hom Bay ins Wasser kippte?

Ich gab mir Mühe, nicht zu dicht aufzufahren. Er sollte nicht ahnen, daß jemand auf ihn aufmerksam geworden war.

Neben mir sagte Elvis Mou verwundert: »Hier gehts aber nicht zum Hollywood!«

Ich klärte ihn auf. Er war lange genug Polizist gewesen, um zu begreifen, daß ich mir eine solche unerwartete Chance nicht entgehen ließ. Für mich begannen sich einige Dinge zusammenzufügen, die ich bisher erfolglos in die richtige Reihenfolge zu bringen versucht hatte.

Der Name, den der Anrufer auf Mrs. Ronaldos Telefonbeantworter genannt hatte, fiel mir wieder ein. Ich fragte Elvis: »Du sagst, er war da in Tiger Wongs Schuppen eine Art Lehrer – hieß er Liao Tu?«

Er gab gelassen zurück: »Wenn du weißt, wie er sich nennt, warum fragst du?«

Aus dem Bier wurde vorerst nichts. Der kleine, drahtig wirkende Mann, der sich Liao Tu nannte, fuhr ostwärts, Richtung Hung Hom. In dem an die Bucht grenzende n Viertel hinter der Eisenbahnlinie kreuzte er durch die nicht mehr sehr belebten Straßen des langweiligen Wohngebietes mit seinen mehrgeschossigen, schmucklosen Betonbauten, bis er dann endlich vor einer dieser Burgen parkte, an der sich ein Schild befand: WUHU-SAILORS HOME. Ich erinnerte mich, daß diese Mischung von Apartmenthäusern und Pensionen vor vielen Jahren gebaut worden war, als von einer Krise in unseren Breiten noch niemand etwas ahnte. Damals hatten die Eigner ein glänzendes Geschäft mit weniger betuchten Mietern gemacht, besonders in den Pensionen. Eine Menge lediger Leute, die auf den Docks oder im Eisenbahn-Terminal beschäftigt waren, hatten hier Logis genommen. Inzwischen war dies eine bevorzugte Wohngegend von Übersiedlern aus dem Mutterland geworden, die in Hongkong ihre Chance suchten.

Nachdem das Objekt meines Interesses sein Auto abgestellt hatte und in der Pension verschwunden war, fuhren wir am Eingang vorbei. Im nächsten Gebäude gab es die Frühlingsrollen-Küche, deren Reklame sich auf der Fahrertür des Daihatsu befand.

Die Kombination war nicht schwer – entweder lieh sich der kleine Mann den Wagen, oder er fuhr gelegentlich Frühlingsrollen zu Bestellern aus und konnte ihn deshalb freizügig benutzen. Wir warteten noch eine Weile, aber der Karate-Lehrer, der sich Liao Tu nannte, erschien nicht mehr.

Ich hatte genug gesehen. Noch bevor Elvis Mou den Mund zu einer Anklage öffnen konnte, überraschte ich ihn mit der Ankündigung: »Jetzt fahren wir zurück zu deinem *Hollywood*. Dort schlucken wir Pekinger Bier, bis ich dich am letzten Haarbüschel zum Kai schleifen muß und in ein Wallah-Wallah setzen ...!«

Vielleicht hätten wir auf dem Weg zum Pekinger Bier in dem von Elvis ausgewählten Lokal *Hollywood* nicht an Tiger Wongs Sporthalle vorbeifahren sollen. Wir sahen die Polizeifahrzeuge schon von weitem. Als wir näherkamen, wurde uns klar, daß es mit unserem Bier nun wieder für einige Zeit nichts werden würde. Vor Tiger Wongs Eingang hatten die Beamten schon Trassierband gespannt. Wie durch ein Wunder erwischten wir einen Abstellplatz für den Toyota – es war die Stelle, an der noch als wir abfuhren, Miß Silvas Coupé geparkt gewesen war. Aber das fiel mir erst später auf ...

Bobby Hsiang war da. Er sah mich wenig freundlich an und murmelte: »Kannst du nicht mal einen Platz auslassen, an dem einer umgebracht wurde?«

Dann entdeckte er Elvis und ließ sich von dem sagen, was er so trieb. Ich schlich mich inzwischen in die Halle. Das erste was ich erblickte, war eine Bahre, auf der ein nicht mehr gerade junger Mann lag. Mit geschlossenen Augen. Er würde nicht mehr älter werden, das befürchtete ich, als ich den Arzt sah, der gerade veranlaßte, daß er zum Leichenwagen geschafft wurde.

»Tot?« Ich machte das freundlichste Gesicht, das ich fertigbrachte, weil der Arzt mir unbekannt war. Aber er fuhr mich nicht an, sondern teilte mir seelenruhig mit: »Der ist so tot wie ein verhungerter Hund!«

»Komisch, er sieht gar nicht verhungert aus«, wandte ich ein. Der Arzt griff den Spaß auf: »Falls wir uns geirrt haben und er lebt tatsächlich noch, wird er rapide abnehmen, von jetzt an. Durch die Gurgel geht nicht mal mehr Kinderbrei ...«

»Kehle kaputt?«

Er nickte. »Bei ein paar anderen, die wir letztlich hatten, war es das Genick. Nicht ein Kratzer. Fachmann, offenbar. Nur daß es hier die Kehle ist ...«

Hinter mir sagte Bobby: »Verrate ihm nicht zu viel, er ist ein Privatschnüffler. Macht alles zu Geld!«

Aber er lachte dabei. Fragte nicht einmal mehr,

woher ich wußte, daß hier eine Polizeiaktion lief. Elvis Mou hatte ihn schon ins Bild gesetzt.

Er sah zu, wie die Sanitäter die Bahre mit der Toten wegschafften.

»Warum?« versuchte ich, ihm etwas zu entlocken, das er vielleicht wußte. Aber er wußte weniger als ich. Meinte: »Keine Ahnung. Bei uns liegt nichts gegen ihn vor. Habe ich eben erfahren. Jedenfalls nichts Offizielles. Auch keine Vorstrafen.«

Ich hätte ihm jetzt fairerweise mitteilen müssen, daß Elvis und ich soeben dieses Phantom Liao Tu zu seiner Höhle verfolgt hatten, aber dazu wäre ich, selbst wenn ich es gewollt hätte, nicht gekommen, weil Elvis bei uns erschien und sich an Bobby wandte: »Du sagtest, die Lehrer und Schüler in der Halle hätten nicht beobachtet, daß jemand hinausgegangen wäre ...?«

Das bestätigte Bobby. »Sie übten hier ihren Sport. Niemand kam, niemand ging. Sie konnten auch nicht sehen, was in Tiger Wongs Glaskapsel da oben lief. Weil die Scheiben bis auf halbe Höhe abgedeckt sind. Nur als das Serviermädchen dem Chef den Tee bringen wollte, den er regelmäßig um diese Zeit am späten Nachmittag trinkt, sah sie ihn liegen. Weil er nicht mehr reagierte, rief sie uns ...«

Elvis Mou erkundigte sich: »Kann man schon in die Glaskapsel da oben?«

Man konnte. Die Spurensucher waren fertig. Hatten die Kabine, die Wongs Arbeitszimmer darstellte, wohl auch seinen Wohnraum auf Spuren untersucht, und zogen sich gerade zurück.

Elvis Mou grinste schadenfroh, als er sich in dem Kabuff umsah. Dann deutete er auf eine schmale Tür: »Offen gehabt?«

Der letzte noch herumstehende Spurensucher brummte unwillig: »Haben wir. Treppe dahinter. Abwärts. Garage. Nichts.«

Elvis winkte uns. Hinter der schmalen Tür, die er aufzog, begann eine Stiege, die in Windungen abwärts führte. Wir folgten Elvis, und plötzlich standen wir in der geräumigen Garage, wo Wong außer seinem alten amerikanischen Straßenkreuzer, mit dem er vermutlich vor zwanzig Jahren Teenager begeistert hatte, ausgemusterte Trainingsgeräte lagerte. Mir schoß das Bild aus dem Rückspiegel durch den Kopf: Miß Silva, die, gerade während wir Liao Tu folgten, auf die Garagentür zu gegangen war. Als Elvis jetzt dort ankam, konnte ich gerade noch verhindern, daß er den Drücker anfaßte.

Bobby rief die Spurenleute, und sie fanden darauf tatsächlich den Abdruck eines Daumens. Währenddessen sah ich mich etwas um, und mir fiel plötzlich eine Ölpfütze auf, in die offenbar jemand getreten war, denn ein paar ölige Tapsen führten von ihr bis an die Tür. Auf meinen Rat ließ Bobby sie von den Spurenleuten vermessen und Ölproben nehmen. Während er sich die Spur genauer besah, konstatierte er: »Sportschuh. Nike. Tragen etwa achthunderttausend Leute in Kowloon ...«

Ich äußerte mich dazu nicht. Ich öffnete die Garagentür und besah mir den Bürgersteig. Die Tapsen waren kaum noch zu erkennen, aber sie führten hinaus aus der Garage, in Richtung Straße. Meine Gedanken begannen um die Frage zu kreisen, warum Miß Silva, nachdem Liao Tu sie stehen ließ, auf die Garage zu gegangen war. Ich stieg die gewundene Treppe wieder hinauf. In der Halle ging ich zu dem Häufchen der Kursanten, die mit ihren Lehrern in einer Ecke hockten und darauf warteten, daß die Polizei sie gehen ließ. Auf meine Frage, ob Miß Silva heute am Training teilgenommen hätte, erntete ich allgemeines Kopfschütteln. Nur zwei wußten überhaupt, wer sie war, und die gaben mir die Auskunft, sie sei heute nicht da gewesen.

»Es war außer uns überhaupt niemand da«, beklagte sich einer der jüngeren Karate-Schüler. »Deswegen hält die Polizei uns ja so lange zurück ...«

Ich sagte Bobby dann doch nicht, daß wir Liao Tu identifizierthatten. Beschloß aber, obwohl für mich der Auftrag Ronaldo ja eigentlich abgeschlossen und bezahlt war, ihm auf meine Weise zu helfen. Den Entschluß begoß ich mit einer Flasche Pekinger, nachdem wir endlich im *Hollywood* angelangt waren. Elvis, der ja kein Auto zu fahren hatte, bestellte mehrere Male nach. Am Ende hatte ich den Eindruck, das Getränk stellte zumindest einen der Gründe dar, die für die Vereinigung Hongkongs mit dem Mutterland sprachen. –

Ich fuhr, obwohl ich müde war, nicht gleich zum Tunnel nach Hongkong, sondern in die Park Drive, wo ich in einigem Abstand zu dem Haus parkte, in dem Miß Silva wohnte. Es war schon spät, und Licht war nicht mehr zu sehen. Obwohl Miß Silva nicht ausgefahren war, denn ihr Coupé stand am Straßenrand.

Eine Weile beobachtete ich die Gegend, bis ich sicher war, daß sich niemand herumtrieb, der einen neugierigen Blick auf mich werfen würde. Dann stieg ich aus und ging zu dem Coupé. Mit jenem Universalwerkzeug, das mir ein heute bekehrter Knacker gebastelt hatte, und das eindeutig besser war als das, was Bobby manchmal benutzte, öffnete ich die Fahrertür. Alles was mich interessierte, war der Gashebel. Vielleicht noch das Bremspedal. Denn der Schuhabdruck in Tiger Wongs Garage war ein rechter gewesen.

Ich strich mit dem Finger über das geriffelte Blech des Gashebels. Besah ihn mir. Meine Haut war nicht nur leicht geschwärzt, sie war auch, in zugegeben geringem Maße, ölig. Von einem Notizblock, der am Armaturenbrett befestigt war, riß ich ein Blatt ab, reinigte damit meinen Finger und steckte es ein. Es war eine Sache von wenigen Minuten, dann schloß ich die Fahrertür wieder ab und schlich zurück zu meinem Toyota.

Die Zeit, die ich bis nach Aberdeen unterwegs war, verbrachte ich mit Ärgern und Wundern über mich selbst und meine Naivität. Hatte ich versagt, wegen einer schönen Frau? Oder war ich doch auf einem falschen Weg? Die nächsten Tage mußten es erweisen.

Ich schlief sehr lange auf meiner Dschunke, und vom morgendlichen Tohuwabohu Aberdeens vernahm ich so gut wie nichts. Nicht einmal daß Pipi aus der Koje kroch und sich duschte. Daß sie sich ein Wallah Wallah herbeiwinkte und zum Land fuhr, registrierte ich gerade noch. Als ich gegen Mittag endlich ausgeschlafen hatte, rief ich Bobby Hsiang an. Ob der Daumenabdruck vom Schlüssel an Tiger Wongs Garagentür jemandem zugeordnet worden war.

»Es ist ein kleiner Daumen«, eröffnete er mir. »Zart, könnte man sagen. Nicht von Tiger Wong. Auch nicht von einem seiner Lehrer. Von denen und den Schülern haben wir, als du schon mit Elvis Bier saufen warst, noch Abdrücke genommen. Auch nicht in unserer Kartei ...«

»Ein E. T.«, steuerte ich bei, weil ich das für einen Scherz hielt. Bobbys Fluch war unflätig. Ich verzichtete darauf, ihn zu besänftigen. Versprach ihm nur: »Wenn wir uns nächstes Mal sehen, kann ich dir vielleicht sagen, wem er gehört.«

Ich hatte eine ungefähre Vorstellung, wessen Daumen mit dem Drücker des Garagentores in Berührung gewesen war. Und nun hatte mich der Ehrgeiz gepackt, das gerichtsverwendbar nachzuweisen oder aber auszuschließen. Obwohl Onkel Stan mich nicht mehr dafür bezahlen würde. Niemand überhaupt ...

◆

Das erste, was ich tat, bevor ich meine Dschunke im Laufe des späten Vormittags verließ, war, meinen Revolver aus dem Versteck im Bugraum zu holen, wo er schon einige Zeit eingeölt verwahrt war. Ich reinigte ihn sorgfältig und lud ihn mit den 10,4-Kugeln auf, von denen ich wußte, daß selbst abgehärtete Gangster Respekt empfinden, wenn damit auf sie geschossen wird. Ein Fachmann kann schon an der Laufbohrung, die sich auf ihn richtet, ermessen, wie groß die Gefahr ist.

Bobby Hsiang hatte mir nicht ohne Grund erneut empfohlen, das Ding einzustecken, wenn ich in der Sache Ronaldo auf Unternehmungen ausging: schließlich gab es inzwischen ein halbes Dutzend Tote, an denen sich eine ähnliche Handschrift ausmachen ließ, wie die Kriminalmediziner herausgefunden hatten. Um was es bei der Sache ging, war immer noch wenig klar, wenngleich die Konturen deutlicher geworden waren. Und daß nicht alle Toten, wie die Fachleute sagen, »an dasselbe Seil gebunden« waren, konnte inzwischen mit Sicherheit angenommen werden, wie von Bobby zu erfahren gewesen war.

Unterschiedliche Motive. Was die Ronaldo-Sache betraf, so lag die Lösung des Rätsels für mein Dafürhalten in dem Viereck zwischen der toten Mrs. Ronaldo, dem ebenfalls toten Tiger Wong, dem mysteriösen Mister Liao Tu sowie der Dame Silva, die mir lange Zeit so unglaublich fern jeden Verdachtes gewesen war. Mein Gefühl sträubte sich zwar immer noch dagegen, ihr ein

Vergehen von Format zuzutrauen. Aber mein Mißtrauen wuchs. Gewisse Details ordneten sich auf eine verblüffende Weise zu einem Gesamtbild. Es zeigte die schöne Miß Silva, die mich so ungemein fasziniert hatte, wie ich zugeben mußte, mit einem Fragezeichen auf der Stirn.

Warum war sie mir gegenüber nicht ehrlich gewesen? Oder hatte sie tatsächlich nur aus Flüchtigkeit Verschiedenes nicht erwähnt? Vergessen? Warum hielt sie ihre Bekanntschaft mit dem Anrufer Liao Tu zurück? Und was hatte sie ausgerechnet um die Zeit, als Tiger Wong seine letzten Stunden lebte, in seiner Sporthalle gesucht? Warum hatte sie nicht den Eingang benutzt und war auf das Garagentor zu gegangen? Nachdem sie sich mit dem Anrufer an den sie sich angeblich nicht erinnerte, auf dem Bürgersteig unterhalten hatte?

Unter derlei Gedanken schwenkte ich die Trommel meines Revolvers mehrmals aus, um sicher zu sein, daß nichts den Mechanismus hemmte. So ungern ich Schießeisen benutze, weil man von toten Gegenspielern nichts mehr erfährt, was der Aufklärung eines Sachverhalts dienen kann, so gut ist es doch, eins dabei zu haben, wenn es sich um jemanden handelte, der Leuten einfach mit der Hand die Gurgel knackte. Oder das Genick ...

An Land angekommen, hatte ich unter das nächste Dach zu flüchten, weil einer dieser prasselnden Regenschauer niederging, die Hongkong einen guten Teil seiner Touristenfreundlichkeit kosten. Für mich hingegen erwies sich der warme Guß überraschend als günstig. Wie ich so unter der Zeltplane der Küche stand, die in unserer Gegend die besten Hamburger fabriziert, die einzig annehmbare nichtchinesische Kurzspeise überhaupt, entdeckte ich unten am Kai plötzlich ein Auto, das Schwierigkeiten hatte, sich in eine Lücke zwischen den geparkten Fahrzeugen einzureihen. Es war ein älterer Ford, etwas groß für die Platzverhältnisse hier, und erst recht für den Fahrer, der nach dem letztlich geglückten Versuch dann ausstieg. Ich wurde hellwach, denn dieser kleine, drahtige junge Mann, der da jetzt durch den Regen zu der überdachten Anlegestelle der Wassertaxis ging und einem der Skipper dort Fragen stellte, war der Karatelehrer und Ausfahrer von Frühlingsrollen Liao Tu!

»He, Mister!« erinnerte mich der Brater daran, daß mein Big Mac fertig war. Ich nahm ihn aus seiner Hand und biß hinein. Aber das, was mir sonst zwar nicht als Delikatesse vorkommt, was ich aber zwischendurch ganz gern mal esse, besonders wenn das Frühstück ausfiel, hinterließ heute kaum die Spur einer Erinnerung in meinem Gaumen, so sehr war ich damit beschäftigt, den kleinen Mann da unten zu beobachten.

Im Laufe seines Wortwechsels mit dem Skipper deutete der hinaus auf das Wasser, wo die Sampans und Dschunken schaukelten. Es war eine vage Geste. Ich biß in meinen Mac. Überlegte. Was wollte ausgerechnet dieser Mann hier? Zwischen seiner Wohngegend in Hung

Hom und Aberdeen lagen ein halbes Dutzend Kilometer Luftlinie und auf den Straßen etwa zweiundachtzig Staus! Von der Fahrzeit abgesehen hieß das, es gab dazwischen mindestens hundert Küchen, die so etwas wie Frühlingsrollen ins Haus lieferten. Unwahrscheinlich, daß er diese Art von chinesischer Grundverpflegung gerade hier irgendwohin lieferte. Und erst gar nicht davon zu reden, daß Liao Tu mit einem Ford wohl ohnehin kein Essen ausfahren würde.

Zur Abwechslung deutete der Wassertaxifahrer einmal nicht auf das Wasser hinaus, sondern zum Land hin. Und gleich darauf war die Unterhaltung beendet. Der kleine Karatelehrer, der sich Liao Tu nannte oder wirklich so hieß, legte offenbar keinen Wert mehr auf weitere Auskünfte. Er überquerte mit eingezogenem Kopf, weil es immer noch regnete, schnell wieder die Straße, stieg in den Ford, wendete ihn und fuhr davon. In die Richtung, in die der Wassertaximann zuletzt gedeutet hatte.

Den letzten Rest von meinem Mac schluckte ich im Gehen herunter. Ich kannte den von Liao Tu Angesprochenen. Gelegentlich fuhr er mich zu meiner Dschunke. Als ich bei ihm ankam, hoffte er auf eine Fuhre, aber ich wollte nur wissen, wonach der Fremde ihn gefragt hatte.

Der Fahrer grinste. »Wollte wissen, wie man jemanden findet, der da auf dem Wasser wohnt!«

»Hat er gesagt, wen er sucht?«

»Negativ«, antwortete der Fahrer im Stil des neumodernen Lakonismus und grinste weiter.

Als er merkte, daß ich auf eine Ergänzung wartete, fügte er an: »Habe ihm erklärt, es gibt keine Grundbuchurkunden auf dem Wasser. Keine Hausnummern.«

»Und dann?«

»Wollte er in die Cameron Street.« Er machte die gleiche Handbewegung, wie ich sie vorher beobachtet hatte. In diese Richtung war Liao Tu davongefahren. Plötzlich wußte ich, wohin!

Es ging vielleicht um Minuten. Ich lief zu meinem Toyota, der an seinem gewohnten Platz stand. Der Himmel hatte ein Einsehen gehabt und den Regen versiegen lassen. Im Laufen griff ich schon nach meinem Handy, und als ich mich in den Fahrersitz quetschte, meldete sich der mit dem Schicksal gestrauchelter Menschen befaßte Bewährungshelfer Wu, der mein ›Büro‹ in der Cameron Street hütete. Er schoß sofort seine Neuigkeit auf mich ab, daß der kleine Bo sich in der Jugendkolonie prächtig fühle, daß er dank einer Vereinbarung mit dem Herrn Journalisten sogar etwas Geld verdienen könne, und ...

Ich stoppte ihn: »Gut, gut! Aufpassen jetzt. Genau das machen, was ich sage. Es wird ein Mann kommen. Klein, drahtig, Mutterland. Wird sich nach mir erkundigen. Und du mußt ihm unbedingt folgendes gezielt verkaufen. Zusammen mit zeitfüllendem Quatsch meinetwegen, aber glaubhaft: Also – ich bin unterwegs. Wichtiger Fall. Auftragsmorde. Mehrzahl. Bin ganz nahe an der Lösung. Habe elegante Dame ausfindig gemacht, die drinsteckt und mir alles beichten will, spätestens morgen. Will dafür unbelangt bleiben. Straffreiheit gegen Auspacken. Und Entgegenkommen auf der Matte, weil sie gemerkt hat, sie gefällt mir. Bin ganz nahe dran ... Danach würde ich mich gern dem Auftrag dieses Besuchers widmen, wenn er einen hat. Klar? Und alles schön farbig erzählen, wie eine Lüge vor Gericht! Nicht etwa durchblicken lassen, daß es gezielt ist ...!«

Er unterbrach mich sanft: »Eeeh ... Verzeihung, Madame, ich würde Sie herzlich bitten, mich einen Augenblick zu entschuldigen, ich bekomme gerade Besuch. Möchte nicht unhöflich sein und ihn warten lassen ... Was die Angelegenheit betrifft, werde ich sie zu Ihrer vollen Zufriedenheit erledigen ...«

Ich wußte Bescheid: Liao Tu stand vor ihm. Gut, daß ich keine Sekunde verloren hatte!

Eine Stunde später traf ich mich mit Bobby Hsiang im *Hibiskus* zum Mittagessen. Noch waren die drei Busladungen Touristen, die meiner Mutter mit ihrem Restaurant ein mehr als erträgliches Einkommen bescherten, nicht da. Wir hatten eine Nische in dem ruhigen Lokal belegt. Knabberten Nüsse, während meine Mutter uns die Vorzüge einer neuen Wildreissorte anpries, bis wir sie zu den verschiedenen Platten mit allem möglichen Fleisch, Gemüsen, Fisch und Krabben bestellten. Dann widmeten wir uns den delikaten Vorspeisen, und dabei informierte ich meinen alten Freund zuerst: »Für mich ist der Auftrag Ronaldo eigentlich erledigt.

Was ich jetzt noch mache, ist Hobby. Was dagegen?«

Er biß in eine gefüllte Pflaume, und als er nicht mehr befürchten mußte, sie aus dem Mund zu verlieren, schüttelte er den Kopf.

»Ich bin hervorragend bezahlt worden ...« Diesmal nickte er. Ich kannte meinen alten Kumpan. Er wartete darauf, daß ich mit dem herausrückte, was mir wirklich am Herzen lag. Also sagte ich ihm zunächst einmal, was ich bislang für mich behalten hatte, ohne zu erwähnen, daß es ja eigentlich das nicht ganz klar zu definierende Interesse an Miß Silva war, was mich bei dem Fall hielt. Erzählte ihm von meiner Beobachtung ihres Besuches in Tiger Wongs Karatestudio am Tage von dessen Ermordung und ihrer angeblichen Unkenntnis oder der etwas eigenartig anmutenden Erinnerungslücke, was den Herrn Liao Tu betraf.

Ich erinnerte ihn, wo er diesen Liao Tu finden könnte, und daß unser gemeinsamer Freund Elvis Mou ihn für »nicht ganz geruchlos« hielt. Auch die Garage Tiger Wongs rief ich ihm ins Gedächtnis zurück. Erwähnte den Ölfleck und meine nächtliche Untersuchung von Miß Silvas Cabrio. Den Notizzettel mit dem vom Gaspedal gewischten Ölrest überreichte ich ihm mit einer Geste, die an den schwedischen König bei der Vergabe des Nobelpreises erinnern sollte. Ich bekam sie nicht ganz so feierlich hin, aber Bobby war sichtlich beeindruckt, als er das beschmierte Zettelchen in der Plastetüte einsteckte. Hörte aber aufmerksam zu, als ich ihm zuletzt noch schilderte, was heute morgen am Kai in Aberdeen gelaufen war, und danach in meinem »Büro« in der Cameron Street.

Als ich fertig war, ließ sich Bobby Zeit. Er knackte seelenruhig die Lehmhülle von einem »Tausendjährigen Ei«, das bei meiner Mutter sozusagen in Heimwerkerausgabe serviert wurde. Schmatzte genießerisch, was meine Mutter höchst zufrieden registrierte, als sie uns eine Kanne grünen Tee brachte und schon einmal ankündigte, daß der Bambus, den sie traditionell mit Pilzen in Soja und Wein servierte, heute ganz besonders delikat sei: »Bambus, Zwiebeln, Pilze – alles taufrisch aus dem Mutterland! Selbst der Wein original aus Shaoshing!«

Mit einem Gesicht, als habe sie einem nigerianischen Terroristen gerade das Geheimnis der Herstellung von Atombomben im Taschenformat verraten, ging sie.

Nachdem Bobby sich den Mund mit Tee ausgespült hatte, um den Wohlgeschmack der nächsten Speisen so richtig wahrnehmen zu können, fragte er mich. »Hast du den Revolver dabei?«

Ich klopfte auf meine Hüfte, wo das Ding, vom Jackett verborgen, steckte.

Bobby sagte: »Ich habe auch Neuigkeiten für dich. Der Daumenabdruck auf dem Drücker von Tiger Wongs Garagentor stammt von Miß Silva.«

Ich fragte nicht, wie er an einen Abdruck von ihr herangekommen war – die Polizei hatte auch so ihre Methoden. Aber die Entdeckung machte mich betroffen.

»Dann war sie unmittelbar vor seinem Tod über diesen diskreten Eingang bei ihm ...?«

»Oder unmittelbar danach.«

»Wie das?«

Bobby grinste. »Sagtest du nicht vorhin gerade, du hast sie beobachtet, wie sie sich auf dem Bürgersteig mit diesem Liao Tu traf? Das war doch, bevor sie hinaufstieg zu Tiger Wong, nicht? Und nachdem dieser Liao Tu da oben gewesen war, wie du schon aus der Loge sehen konntest ... oder?«

Es war schon immer seine Stärke gewesen, aufmerksam zuzuhören. Selbst wenn er anscheinend übermüdet die Augen schloß, registrierte er alles, was gesagt wurde. Und – er hörte das heraus, was Gewicht hatte. Ignorierte das Hubba-Bubba.

Geröstete Krevetten kamen auf den Tisch. Dufteten nach Ingwer und Sherry. Die ersten Touristen erschienen. Suchten auf den Tischen die Karten mit dem Codewort für ihre Reisegruppe. Der Ansturm auf die Toiletten begann.

Bobby amüsierte sich: »Saufen Coca Cola, bis es ihnen zu den Ohren herausläuft, und dann sind sie froh, daß sie im *Hibiskus* endlich einen Abtritt finden! Übrigens – noch eine Neuigkeit für dich: wir haben uns das Bankkonto von Miß Silva angesehen. Wohlhabende Dame. Seit zwei Jahren sind in Abständen erhebliche Summen eingezahlt worden. Allerdings gerade in der letzten Zeit auch ein, zwei größere Abhebungen ...«

»Ihr habt sie im Visier?«

Er tat, als habe er die Frage nicht gehört. Das

hieß bei Bobby soviel wie – warum willst du von mir Antworten, die ich nicht geben kann?

Nach einer Weile lobte er die Krevetten: »Neulich habe ich welche im *Mandarin* gegessen. Die hatten sie wohl unter einer Bohrinsel aufgelesen ...«

»Bei mir haben sich da auch gewisse Bedenken angesammelt, was den Besuch dieses Liao Tu bei Tiger Wong betrifft«, versuchte ich es noch einmal, ihn anzubohren.

Bobby tat, als erinnere er sich. »Noch eine Neuigkeit. Vielleicht ahnst du ja auch etwas. Tiger Wong hat Killer vermittelt. Das ist jetzt erwiesen. Wir haben mit ein paar Leuten von *Ehrenwerten Familien* gesprochen. Die hatten ihn schon als schmutzige Konkurrenz ausgemacht. Aber hinter dem Mord stecken sie definitiv nicht.«

»Sagt wer?«

»Eugene Hsu«.

Das hatte ich erst einmal zu verdauen. Eugene Hsu hieß eigentlich Hsu Yue-chia und war der »Sin Fung« der 314. Das ist die schlagkräftigste Triade in Hongkong. Immer noch, Mutterland oder nicht. Ohne sie geht hier nichts. Auch bei anderen Triaden. Sie müssen sich mit der 314 abstimmen, oder sie existieren bald nicht mehr. Shan Chu, der Anführer der 314, ein Mann im Hintergrund, hat immer noch eine unangefochtene Stellung. Und Eugene Hsu, der im *Ocean Center* in Kowloon ein Reisebüro betreibt, ein äußerst kluger, weltläufiger Mann, war weitläufig mit ihm verwandt.

»Du hast Hsu besucht?«

»Mußte ich nicht. Er rief an. War interessiert, jeden Irrtum in dieser Sache von vornherein auszuschalten ...«

Er grinste mich an, hob die Teeschale zum Mund, und bevor er trank, zog er mich auf: »Du glaubst, du bist der einzige, mit dem er vertrauensvoll spricht?«

Das hatte ich nicht angenommen. Aber daß Eugene Hsu, mit dem ich eine – wie er selbst es charakterisierte – krisenfest gute Bekanntschaft pflegte, von sich aus die Polizei informierte, hieß schon, daß Tiger Wong sich gefährlich nahe an die Interessen der 314 herangewagt und sein Geschäft mit den Lohnkillern unabhängig vom Einverständnis der eigentlichen Spitzen unserer Hongkonger kriminellen Welt betrieben hatte. So etwas tut man eben mit hoher Wahrscheinlichkeit nicht sehr lange ungestraft.

»Du sagst es«, bestätigte Bobby, als ich ihm das zu bedenken gab. »Keiner von unseren organisierten Bekannten hat da zugeschlagen. Ich glaube das Eugene Hsu. Er weiß zu gut, daß er bei der ersten falschen Information, die er mir gibt, in der Pfanne liegt ...«

Eine riesige Platte mit süßsauren Schweinehappen erschien auf dem Tisch. Ich vermutete laut: »Eugene Hsu würde sehr viel weniger appetitlich in einer Pfanne aussehen als das da!«

Dann klemmten wir uns die ersten Happen zwischen die Stäbchen. Eine ganze Weile genossen wir, was die Küche des *Hibiskus* für uns gezaubert hatte. Ich hätte gern meiner Mutter bestätigt, wie gut es wieder einmal gelungen war, aber sie war mit Touristen beschäftigt. Manchmal hatte ich den Verdacht, diese Japaner waren glücklich, nach all den smarten, hochschulgeprägten jungen Managern in den Kneipen zu Hause endlich wieder einmal einer echten Wirtin zu begegnen, deren Restaurant ihr selbst gehörte und nicht irgendeinem Konzern.

»Du hast«, hielt mir Bobby plötzlich vor, ohne mit dem Essen aufzuhören, »die schöne Miß Silva, die dich so bezaubert, in Lebensgefahr gelockt, ist dir das klar?«

Es kam etwas unvermutet. Ich verteidigte mich: »Ich habe nur diesen Liao Tu, der hinter mir her ist, nervös machen wollen. Mit Miß Silva spreche ich gleich, wenn wir gegessen haben. Es sind sowieso ein paar Fragen mit ihr zu klären. Bist du nicht auch der Meinung, daß Liao Tu tatverdächtig ist? Dann muß man ihn aus der Reserve locken, und zwar kontrolliert. Es müssen Beweise gegen ihn her. Gemeinhin hinterläßt er nämlich nirgendwo welche ...«

Bobby murmelte nur am süßsauren Schwein vorbei: »Wie praktisch du denkst!« Und grinste wieder.

Zu der Platte mit dem Schwein hatten sich inzwischen welche mit Rind, Gemüse und Hühnerklein gesellt, als Bobby beiläufig bemerkte: »Ich kann nicht verhindern, daß du ohne Auftrag an der Sache weiter arbeitest. Aber ich gebe dir ein paar Tips mit auf den Weg. Da kommen wir uns nicht in die Quere, sondern ergänzen uns vielleicht. Miß Silva ist in dem Ding bis zu ihrer hübschen Nase drin. Aber das heißt nicht, daß man sie zum Totschlag freigibt. Und – wenn du diesem Herrn Liao Tu wieder begegnest, laß ihn in deinen Revolver laufen, bevor er auch nur eine Hand hochkriegt ...«

Er kaute weiter. Es ist immer eine Freude, Bobby zuzusehen, wenn es ihm schmeckt. Schon als wir noch in den Hintergassen von Wanchai mit Bällen aus Kattunschnipseln, die uns ein Hosenschneider schenkte, Federball spielten, war das so. Meine Mutter wußte das. Sie vergaß nie, an Bobby zu denken, wenn sie mich mittags hereinrief. Jetzt beobachtete sie uns aus der Entfernung. Sie sah, daß wir kein Bier hatten und schickte uns mit dem Mädchen zwei Flaschen. Winkte. Zeigte dann dem zweihundertsten Japaner mit unerschütterlicher Freundlichkeit den Weg zu den Toiletten.

»Eines Tages wird sie einen von denen noch mal bis zum Becken führen«, muffelte Bobby. Dann fiel ihm ein: »Kannst du eine Weile woanders schlafen? Nicht auf der Dschunke?«

»Du meinst, Liao Tu findet doch meinen Liegeplatz heraus und steigt nachts auf?«

Diesmal grinste er nicht, als er mir riet: »Nimm ihn ernst. Der Mann hat einiges auf dem Kerbholz. Wir wissen nur noch nicht genau was. Schwer an solche Sachen heranzukommen, im Mutterland. Aber – er steht mit dem Rücken zur Wand ...« Er schüttelte den Kopf. »An deiner Stelle würde ich mir mit dem was du bei dem Auftrag von Stanley Haw verdient hast, zusammen mit Pipi eine lustige Woche in Macao machen. Oder meinetwegen in Bali. Aber – wenn du schon unbedingt weiterbaggern willst, bis wir das ganze Ding offen haben, dann sieh dich wenigstens vor. Ich sage das nicht zufällig. Und – ehe ich es vergesse – du solltest auch wissen, daß unsere Mediziner behaupten, die Handschrift bei Tiger Wong unterscheidet sich von der bei den anderen Toten ...«

»Das hieße, es sind verschiedene Täter. Sagtest du nicht, Tiger Wong hat mehrere Leute an der Hand gehabt?«

»Hat er, ja. Wir haben sie in der Mangel. Außer dem, der sich Liao Tu nennt. War verschwunden. Hat wohl vermutet, daß du hinter ihm her bist.«

»Aber – er kennt mich überhaupt nicht!«

Bobby bewegte den Kopf hin und her und meinte: »Wer weiß! Vermute mal, jemand hat ihm gesteckt, daß du bei dem Parkplatzwächter seine Beschreibung bekommen hast. Und er möchte, nachdem er vorsichtshalber den Wächter getötet hat, auch dich als Mitwisser ausschalten. Na, wie wäre das denn?«

Ich machte ihn verdutzt aufmerksam: »Daß der Wächter ihn mir beschrieb ... ich habe außer dir nur noch mit Miß Silva darüber gesprochen!«

»Eben.« Er aß seelenruhig weiter. Nach einer ganzen Weile bemerkte er beiläufig: »Irgendwann werden wir diesen Liao Tu kassieren. Jetzt haben wir ja seine Adresse. Dank deiner Aufmerksamkeit ...« Er lachte vergnügt.

In meinem Kopf fügten sich die Gedanken zu einem bestürzendem Bild zusammen. Ich hatte mich lange dagegen gewehrt, die Logik der Dinge zu akzeptieren. Hatte immer wieder eine milde Ausrede erfunden. Mich selbst getäuscht. Aber jetzt funktionierten die Ausreden nicht mehr. Auch schöne Augen nicht. Ich griff mir Fleisch und türmte es auf meinen Reis. Gemüse. Vergaß dabei, daß ich das ganze essen wollte. Stellte die Schale auf den Tisch. »Das hieße ...«

Bobby winkte energisch ab. »Sprich es nicht aus. Es schmerzt, ich weiß. Behalte es im Hinterkopf, wenn du weiter in der Sache wühlst. Denn dieses Hobby ist lebensgefährlich!«

Meine Freundin Pipi war am Empfang des *Excelsior* damit beschäftigt, einem verschwitzten Australier auf dem Stadtplan zu zeigen, wo die Busse nach Happy Valley abgingen. Und da er noch einige Aufklärung über die Wettbüros haben wollte, zog sich die Beratung in die Länge. Ich ließ mich in einen Sessel in der entferntesten Ecke der Halle fallen und tippte die Nummer von Ronaldos Juwelenladen in mein Handy.

Miß Silva meldete sich selbst. Ich hatte mir inzwischen kühl überlegt, wie ich verfahren würde. Also begrüßte ich sie charmant und erkundigte mich erst einmal nach Gesundheit und Geschäft, bevor ich zur Sache kam. Schlug einen gedämpft-ernsten Ton an und fragte: »Kann ich Sie besuchen? Es wäre wichtig ...«

Sie gab mir zu verstehen, daß sie sich freute. Riet mir überraschend: »Allerdings – hier im Geschäft bin ich nicht mehr allzu lange. Muß meine Schneiderin aufsuchen. Die Anprobe wird etwas dauern. Wie wäre es, wenn ich danach am Supermarkt vorbeifahre und etwas zum Abendessen kaufe. Würden Sie mich zu Hause besuchen?«

»Mit Vergnügen! Wann?«

Sie diktierte mir ihre Adresse, obwohl sie wahrscheinlich keinen Zweifel daran hatte, daß ich sie genau kannte. Und ich ließ das so laufen. Seit der Unterhaltung mit Bobby hatte ich keine Illusionen mehr, aber ich gab mir immerhin Mühe, das nicht gerade wie ein Demonstrant herauszuschreien. Welchen Zauber hatte doch diese Frau ausgestrahlt, daß ich so lange gebraucht hatte, mich ihm zu entziehen und wieder mit kühler Vernunft vorzugehen!

»Ich kann Ihnen gar nicht sagen, wie sehr ich mich auf den Abend freue!« verriet ich ihr, beinahe flüsternd. Oh, Lim Tok konnte, wenn er nur wollte, hervorragend den schmachtenden Liebhaber mimen!

»Das freut wiederum mich!« ließ sie mich wissen. Dann erkundigte sie sich noch, ob es Lamm sein könnte – sie hätte eine Schwäche für Lamm, und es gäbe da diesen Import aus Neuseeland.

Ich versicherte ihr, daß ich seit meinen Säuglingstagen nichts so sehr schätzte wie Lamm. Bevor sie fragen konnte, von wo ich telefonierte, entschuldigte ich mich und drückte den finalen Rettungsknopf.

Pipi hörte mit gerunzelter Stirn zu, als ich ihr berichtete, es könnte wieder einmal, wie schon einige Male zuvor, einen Verrückten geben, der mir auf der Dschunke nachstellte. Aber schließlich war sie einverstanden, daß wir beide im *Excelsior* übernachteten. Das machte keine besonderen Umstände, denn das Hotel hielt für den Fall, daß vom Personal jemand zu später Stunde nicht mehr heimfahren wollte, stets einige Räume zur Verfügung. Ich selbst hatte sie schon wiederholt benutzt. Und so einigten wir uns schnell. Nur daß ich meiner Freundin beizubringen hatte, ich müßte noch einmal weg. Sie nahm es gelassen. War lange genug mit mir zusammen, um zu wissen, daß dieser Beruf Gesetze hatte, die man schon eher als Chaos bezeichnen konnte. Immerhin konnte ich mich in dem kleinen Quartier erst einmal für eine Weile auf die Couch legen, um Vorrat anzuschlafen für eine voraussichtlich lange Nacht.

Der stille Raum, in dem der Lärm von Aberdeen fehlte, die Sirenen, die Motoren, das Stimmengewirr und das Klatschen der Wellen an die Bordwand, strahlte soviel Ruhe aus, daß meine innere Uhr diesmal versagte und die Pause sich länger ausdehnte, als ich beabsichtigt hatte.

Pipi lachte schadenfroh, als ich an der Rezeption erschien. Sie verriet mir, sie hätte es am liebsten gehabt, wenn ich geschlafen hätte, bis ihr Dienst zu Ende war.

»Ich hätte dich schon geweckt!« zog sie mich auf. Und sie warnte mich davor, bei meiner Rückkehr das Zimmer zu verwechseln. Nebenan schlafe die Tochter des Chefs!

Eigentlich hatte ich ein lausiges Gewissen. Pipi ahnte zwar nichts davon, daß die aparte

Dame aus der Juwelenbranche meine Gedanken arg durcheinander gebracht hatte. Aber nun ging es nicht mehr so sehr um ihren Eindruck auf mich, sondern vielmehr um das Versagen meines professionellen Instinktes für eine immerhin beträchtliche Zeit.

Bobby hatte sich zwar Mühe gegeben, das nicht allzu deutlich auszusprechen, aber es war mir an dem, was er sagte, schon klargeworden. Und ein Ermittler, der über seiner Schwärmerei für die Schönheit einer Dame vergißt, daß sie eine der Hauptpersonen in einem Mordfall ist, verdient Minuspunkte. Auch wenn er es nur für kurze Zeit vergißt.

»Ich gebe mir Mühe, bis Mitternacht zurück zu sein«, versprach ich Pipi. Und ich hatte in der Tat nicht die Absicht, mich bei Miß Silva länger aufzuhalten, als es ein Dinner und ein paar bisher versäumte Fragen erforderten, die ich ihr stellen wollte.

Unweit des *Excelsior* kaufte ich noch bei einem Händler am Straßenrand einen Strauß tropischer Wildblumen, die als Aufmerksamkeit bei solchen Anlässen just in Mode gekommen waren. Dann ging es ab in Richtung Tunnel.

Während der Fahrt nach Kowloon hatte ich genug Zeit, mir nochmals zu überlegen, wie ich bei Miß Silva vorgehen würde. Weil sie nicht nur viel mehr wußte, als sie zuzugeben bereit war, und weil es außerdem Anlaß gab, über ihr Verhalten sehr mißtrauisch zu sein, war ich entschlossen, keine Zurückhaltung mehr zu üben.

Meine Bewunderung für die Dame war nach dem, was Bobby mir zu denken gegeben hatte, einem massiven Groll gewichen.

Lady Silva hatte sehr früh bemerkt, daß ich für sie das hatte, was unsere britischen Herren in ihrer noblen Ausdrucksweise immer »eine weiche Stelle« zu nennen pflegten. Und sie hatte das kühl einkalkuliert. Den ganzen Umfang dessen, was sie betrieben hatte, oder noch betrieb, würde ich ans Licht bringen, jetzt. Zum Teufel mit der Bewunderung ihrer Schönheit! So leicht wie vorher würde mich ihr Lächeln nicht mehr einfangen, da war ich sicher ...

Als ich die Park Drive erreicht hatte, merkte ich, daß die Gegend, obwohl die hohen Bauten zwischen dem Grün viele Mieter beherbergten, um diese Abendzeit bereits sehr ruhig war. Außerdem fiel auf, daß wenige Autos an der Straße herumstanden. Die Eigentümer der in die parkähnliche Landschaft gesetzten Wohnklötzer hatten nicht nur ein Parkhaus bekommen, sondern außerdem noch eine Kette niedriger Garagenbauten, die sich an einen Supermarktkomplex mit Serviceeinrichtungen anschloß. Ich suchte mir erst einmal im Rücken des Silos, in dem Miß Silva ihr Apartment hatte, ein Laternenplätzchen, und das führte zu meiner ersten Überraschung: da stand, eine Laterne vor mir, ein bräunlich glänzender, älterer Ford, den ich an der Nummer sogleich als den erkannte, dem Mister Liao Tu in Aberdeen entstiegen war, heute vormittag!

Ich besah mir das Auto näher. Es gab keinen Zweifel, dies war der Ford von heute morgen. Wenn es ein Leihwagen gewesen wäre, hätte ich die Chance eines Zufalls erwogen – ein anderer Kunde hätte ihn am Nachmittag gemietet haben können. Aber es war kein Mietwagen, denn er trug nicht das Schild der Verleihfirma am Armaturenbrett. Was hieß das?

Da ich nicht an Wunder glaube, schied die Möglichkeit aus, daß der Frühlingsrollentransporteur woanders zu Besuch war als bei Miß Silva. Was konnte er wohl bei ihr zu erledigen haben, wenn sie auf mich als Gast wartete?

Zurück bei meinem Toyota setzte ich mich hinter den Lenker und tippte Miß Silvas Telefonnummer in mein Handy. Aber so oft das Rufzeichen auch ertönte, Miß Silva nahm den Hörer nicht ab. War sie mit dem Braten der Lammkoteletts beschäftigt? Bereitete sie die Beilagen zu? Ich erinnerte mich an den Zuschnitt ihrer Wohnung. Das Telefon war da überall zu hören, in der Miniküche sowieso, aber selbst im Bad würde das Signal zu vernehmen sein. War sie vielleicht gerade in diesem Bad auf eine Art in Anspruch genommen, die es ihr nicht erlaubte, an den Apparat zu laufen? Ich drückte den Aus-Knopf und wartete. Zählte an den Fenstern die Etagen ab, bis ich bei der siebenten war. Und stellte fest, daß die beiden letzten Fenster, ganz hinten, auf die Außenwand zu, wo Miß Silvas Apartment lag, dunkel waren. War sie überhaupt zu Hause? Ich erinnerte mich, daß die anderen Fenster um die Hausecke lagen. Selbstverständlich würde sie zu Hause sein, wenn sie eine Einladung aussprach! Falls etwas geschehen sein sollte, das meinen Besuch unerwünscht machte, etwa das unerwartete Auftauchen dieses Liao Tu, hätte sie mich anrufen und unser Treffen verschieben können. Ebenso wie sie den ungebetenen Besucher auffordern konnte zu verschwinden. Sie hatte das offenbar nicht getan. Und sie hatte mich nicht angerufen!

Wieder tippte ich ihre Nummer ein. Wartete. Nichts. Dann aber ging plötzlich in einem der Fenster, die nach meiner Schätzung zu Miß Silvas Apartment gehörten, Licht an. Was sollte das bedeuten? Ich wählte sofort wieder. Und wieder ertönte das Rufsignal, bis ich es aufgab.

In dieser Sekunde erlosch das Licht hinter dem Fenster, das ich nicht aus den Augen gelassen hatte. Ich lehnte mich zurück und versuchte, meine Gedanken zu konzentrieren. Aber ich kam nicht weit. Mein Handy meldete sich.

Die etwas aufgeregt wirkende Stimme von Miß Silva: »Ach ... bin ich froh ... Sind Sie noch unterwegs ...?« Sie wartete meine Antwort nicht ab. Sprudelte weiter: »Es tut mir ja so leid - wenn ich mir schon einmal etwas vornehme ...! Ich muß ... ich habe ... mußte einen Spezialkunden, Sie verstehen schon, er hatte Sonderwünsche ... ich bin mit ihm im Geschäft ... und er wählt ...«

Die Stimme wurde leiser. »Es wird nicht mehr lange dauern! Einer dieser Kunden ... Sie verstehen! Ich würde unser Essen nicht gern verschieben! Könnte in einer vertretbaren Zeit da sein. Mein Schlüssel ist bei der Nachbarin. Ich habe ihr vorsichtshalber gesagt, es würde jemand kommen, der mein Vertrauen hat – sie würde Ihnen den Schlüssel geben. Wollen wir es so machen?«

Einen Augenblick war ich versucht, sie zu fragen, ob sie nicht etwa doch aus ihrem Apartment spräche, weil da gerade Licht gewesen war. Aber dann erinnerte ich mich an Liao Tu, und ich mußte mich zusammennehmen, um einigermaßen freundlich zu bleiben, als ich sie gezielt wortreich tröstete: »Liebe Miß Silva, ich kann selbstverständlich auch morgen kommen! Es wäre vielleicht nicht gut für das Geschäft, wenn Sie den Sonderkunden zur Eile drängten ... Gar kein Problem für mich, morgen. Schließlich kann eine Geschäftsfrau wie Sie nichts dafür, wenn so ein potenter Kunde mit Spezialwünschen unerwartet erscheint. Wenn Sie wüßten, wie oft so etwas bei mir geschieht! Ganz ähnlich! Auch bei mir kommen da Leute zu ganz unmöglichen Zeiten ... Ich wäre für morgen. Gleiche Zeit. Einverstanden ...?«

Mein Redeschwall stimmte sie nicht um. Ich sollte sie in ihrem Apartment erwarten. Selbst ein Erdbeben würde nichts mehr daran ändern, daß wir die Lammkoteletts aßen!

Was soll da ablaufen? fragte ich mich. Sobald ich in der Tür ihres Apartments auftauchte – wenn ich bis dahin kam –, stünde ich Liao Tu gegenüber. Und dann – was? Ich erinnerte mich an die Warnung Bobby Hsiangs. Griff unwillkürlich nach meinem Chiefs Special, den ich im Hosenbund stecken hatte. Gleichzeitig fiel mir ein, statt ihr Apartment aufzusuchen, lieber einen Blick auf den Juwelenladen in der Nathan Road zu werfen. War Miß Silva wirklich dort? Oder log sie wieder?

Kurz entschlossen ließ ich den Motor an. Zehn Minuten später schwamm ich auf der Woge des Abendverkehrs westwärts. Weil die Geschäfte geschlossen waren und es in der Gegend nicht gerade die modischsten Kneipen gab, erwischte ich unweit von Ronaldos Juwelenladen einen Platz an einer Parkuhr. Von weitem sah ich bereits, daß nicht nur die Schaufenster beleuchtet waren. Auch der durch Glaswände abgeteilte Büroraum im Hintergrund war hell. Von einem Kunden war allerdings nichts zu sehen. Nur Miß Silva saß da. Lackierte ihre Fingernägel. Schwenkte die Hände zum Trocknen. Sah gar nicht nach anstrengender Verhandlung mit kompliziertem Käufer aus. Nüchterne Erkenntnis meinerseits: Im Apartment der Dame, oder irgendwo im Haus hatte dieser Liao Tu auf mich gelauert. Miß Silva rechnete darauf, daß ich ihm in die Hände lief ...

Pipi schlief schon, als ich in unser »Notzimmer« zurückkehrte. Ich gab mir Mühe, sie nicht zu wecken. Streckte mich vorsichtig neben ihr aus und fiel trotz des beunruhigenden Erlebnisses, das mein Selbstwertgefühl anknabberte, weil es erneut mein Urteilsvermögen korrigierte, schon bald in einen flachen Schlaf. Er war mit einem ziemlich wirren Traum angefüllt, in dem ich unablässig versuchte, meine Tür zu öffnen, weil draußen die Polizeisirene heulte. Aber es war, als wollten mir meine Hände nicht gehorchen. Ich bekam die verdammte Tür einfach nicht auf. Zudem verfing sich ein großer Vogel mit seinen Krallen in meinem Haar, als er sich auf meinen Kopf setzte. Und plötzlich war da nicht mehr die Tür, auch nicht der Vogel mit seinen Krallen, sondern eine verschlafene Pipi, die an meinem Skalp zerrte, mir mein Handy entgegenhielt, wobei sie ärgerlich mahnte: »Du solltest mal was für deine Ohren tun!«

Sie ließ das Handy auf meine Brust fallen. Kippte nach der Seite weg. Ich strampelte mich hoch, leise vor mich hin schimpfend.

»Rrrrh ...«, machte ich in das Gerät. Auf der anderen Seite lachte Bobby Hsiang: »Das freut mich besonders! Warum sollst du ruhig auf deinem Honorar schlafen, wenn ich mich mit der Frau deiner schmutzigen Träume herumärgern muß! Park Drive 27, Kowloon, bitte. Und ohne Verzögerung!«

Ich griff an den Lichtschalter. Der Schlaf mit der geträumten Horroroper hatte nicht ganz eine Stunde gedauert.

»Was ist los?« krächzte ich Bobby an. Er wiederholte, ich solle mich gefälligst beeilen.

»Mord?«

»Eine Leiche«, sagte er. »Du wirst gebraucht. Von mir. Ende.«

Ich ließ einen Fluch in unterdrückter Lautstärke los und sprang aus dem Bett. Pipi murmelte undeutlich: »Danke, Madame ... Unser Haus weiß Ihr Lob zu schätzen ...«

Aus dem Autoradio hämmerte der Krawall, den ein halbes Dutzend in ganz Asien weltbekannter filippinischer Hooligans vollführten. Er ging mir, wie immer, auf die Trommelfelle, aber er hatte den Vorteil, daß er mich nicht einschlafen ließ, und das wiederum führte dazu, daß ich den unzähligen Kehrmaschinen und Straßenwaschfahrzeugen rechtzeitig auswich. Sogar einen hinkenden Hund, der kurz hinter dem Tunnel über die Fahrbahn walzte, verschonte ich.

Als ich in die Park Drive einbog, sah ich bereits am Ende, dor wo das Haus stand, in dem Miß Silva wohnte die Polizeifahrzeuge stehen. Bobby Hsiang grinste vergnügt, als er mich begrüßte: »Wir kommen weiter!«

Er zog die Folie von dem Körper, der da lag, etwa unter den Fenstern von Miß Silvas Apartment, allerdings zwanzig Meter tiefer, im Gras: Mister Liao Tu, der Transporteur von Frühlingsrollen und nebenberufliche Karatelehrer.

»Da sparst du am frühen Morgen schon eine Fahrt nach Hung Hom«, rang ich mir ab.

Bobby zog die Folie wieder über das Gesicht und meinte: »Wir werden trotzdem hinfahren. Mal sehen, was es sicherzustellen gibt. Übrigens, das Öl, das du vom Gashebel der Dame gewischt hast, ist mit dem von der Pfütze in Tiger Wongs Garage identisch. Beweis, daß sie da durch ist.«

Ich war noch nicht ganz fertig mit der Einordnung dessen, was ich hier sah. Als ich mich schließlich auf das besann, was Bobby gerade gesagt hatte, fiel mir ein: »Ach, Miß Silva ... Was ist mit ihr?«

Er winkte mich zum Wagen der Spurensicherer. In dem geräumigen Blechkasten konnten wir auf Hockern sitzen. Bevor Bobby sich äußerte, brannte er sich eine *Bastos* an, so daß ich am liebsten zu einer Rauchmaske gegriffen hätte. Aber was der Freund mir zu sagen hatte, war schon ein wenig Atemnot wert.

»Wir mußten die Dame ins Hospital bringen lassen. Total durcheinander. Schock. Konnte uns gerade noch sagen, sie sei bei der Rückkehr von einer späten Erledigung im Juwelenladen der Ronaldos in ihrem Apartment von diesem Mann empfangen worden. Mit Pistole. Wollte Geld. Die Frage, ob er ihr an die Wäsche wollte, hat sie gar nicht beantwortet. Konnte nicht sehr geordnet berichten. Stotterte. Habe sich ein Herz gefaßt, als er glaubte, sie sei völlig verängstigt, und ihm einen Stoß gegeben. Vor die Brust. Oder sonstwohin. Sie wußte es nicht mehr genau. Jedenfalls sei er durch das venezianische Fenster zu dem winzigen Balkon gefallen. Habe soviel Schwung gehabt, daß er über das Geländer schoß ... Bang!«

»Bang!« machte ich in Gedanken. Bobby zog an der Schwarzen. Sah mich an. Ich fragte ihn: »Genick gebrochen?« Keine besonders intelligente Frage angesichts der Höhe des Hauses. Bobby gab sachlich zurück: »Der hat neben dem Genick keinen ganzen Knochen mehr im Leib.«

»Du sagtest Pistole?«

»Beretta. Spielzeug. Nicht abgefeuert.«

Es kam mir eigenartig vor, daß Liao Tu, wenn er Miß Silva etwas anhaben wollte, eine Pistole benutzen würde. Aber es war natürlich möglich. Nun hatte ich Bobby zunächst einmal einiges mitzuteilen, fand ich. Ich sagte: »Du wirst überrascht sein, aber ich war vor ein paar Stunden noch hier ...«

»Bei Miß Silva?«

Ich klärte ihn über das auf, was ich in den späten Abendstunden erlebt hatte. Einschließlich meiner Beobachtung von Miß Silva in Ronaldos Geschäft. Er hörte sich das alles gelassen an, und als ich fertig war, schwieg er eine ganze Weile, bevor er schließlich meinte: »Wenn du mich fragst, das sieht einer Falle verdammt ähnlich. Erst lädt sie dich ein. Dann ist sie nicht da, sondern dieser Liao Tu, von dem wir ja inzwischen wissen, daß sie ihn zumindest kannte. Der suchte dich sowieso, wahrscheinlich weil er erfahren hatte, daß du von dem Parkplatzwächter seine Beschreibung bekommen hast. Den Wächter hat vermutlich er umgebracht. Weil der ihn identifizieren konnte. Glück für dich ...« Es war eine ungewöhnlich lange Rede für ihn.

Bobby wollte nicht, daß ich mit Miß Silva in Verbindung trat, bevor die Leiche Liao Tus obduziert und die Wohnung der angeblich überfallenen Frau gründlich untersucht war. Als ich ihn auf den Ford aufmerksam machte, der immer noch da stand, wo er mir gestern abend aufgefallen war, erntete ich eine Anerkennung, die mein Freund nur selten vergab. Er klopfte mir auf die Schulter und murmelte so, daß ich es gerade noch verstehen konnte: »Ein Glück, daß es dich gibt!« Damit ich das nicht allzu ernst nahm, fügte er grinsend an: »Was würde die Hongkonger Polizei sonst anfangen!«

Es war ein günstiger Augenblick, meinen Wunsch vorzubringen: »Bevor ihr mit der Dame tätig werdet, habe ich noch eine kleine Rechnung mit ihr. Wirst du das berücksichtigen?«

Er sagte es mir zu. Und wenn Bobby etwas zusagte, galt das. Er machte sich auf nach Hung Hom, ins *Wuhu Sailors Home*. Von dort rief er mich an, als ich auf der Rückfahrt war. Er klang etwas enttäuscht, als er gestand: »Wir haben so gut wie nichts gefunden. Streng genommen ebenso wenig wie bei der Lady, um Ernst zu machen.«

»Die Wohnung des Toten ist sauber?«

»Wohnung ist ein Scherz. Es handelt sich um eine Bude, in der es nicht einmal ein sauberes Handtuch gibt!«

»Das war wohl nicht viel anders zu erwarten gewesen«, tröstete ich ihn. »Aber ich werde dir die Lady auf einem silbernen Tablett liefern!« Dafür erntete ich ein Grunzen. Dann versprach er, sich zu melden, sobald er den Befund der Obduktion bekam.

Mein Groll gegen die aparte Dame Silvia stieg indessen von Stunde zu Stunde. Wer mich kennt, der weiß, daß ich mich von ausgefuchsten weiblichen Wesen so gut wie nie irreführen lasse. Aber hier war es einem solchen Exemplar geglückt, mich in einer Weise an der Nase herumzuführen, die mein Selbstwertgefühl anknabberte wie eine Ratte den Schinken. Sie würde das bereuen.

Ich war nur kurz noch einmal im *Excelsior* gewesen, bei Pipi. Hatte sie nicht geweckt, sondern ihr einen Zettel auf den Nachtschrank gelegt, mit der Nachricht, daß die Gefahr für mein Leben soeben in die Leichenhalle der Polizei überführt wurde, und daß wir deshalb guten Mutes wieder auf unsere Dschunke zurückkehren könnten. War dann nach Aberdeen gerollt und schlief, bis es Abend wurde. Bobby meldete sich wie versprochen. Er war in Aberdeen, wo er zu einer Schießerei mit Folgen für ausländische Matrosen gerufen worden war. Jetzt wartete er im Restaurant am Wasserspeicher. Ich versprach ihm, mich auf den Weg zu machen. Rief nur noch schnell Pipi an, die inzwischen wieder Dienst an der Rezeption schob. Meiner Rechnung nach würde sie morgen ihren freien Tag haben. Dafür war mir etwas eingefallen. Als ich ihr ankündigte, ich würde sie vom Dienst abholen, pustete sie – wohl weil Gäste in der Nähe waren – höchst dienstlich ins Telefon: »Sehr wohl, Sir, danke, Sir, wir werden das auf jeden Fall berücksichtigen, Sir ...«

Auf der verglasten Terrasse des *Paradise View,* über dem künstlichen See, trank ich mit Bobby zwei Gläser Bier und bewunderte die phantastischen Farben, die der Sonnenuntergang auf das Wasser zauberte. Dabei hörte ich zu, wie mein Freund mir mitteilte: »Die Sache ist genau so krumm, wie ich sie mir vorgestellt habe. Liao Tu war nach unseren Erkenntnissen einer von Tiger Wongs Abruf-Killern. So ziemlich der einzige lohnende Fund bei ihm war eine Bankkarte. Sein Konto weist einen sechsstelligen Betrag auf. Einzahlungen in Abständen. Bar ...«

»Gibt es niemanden, der ihm einigermaßen nahestand?«

Kopfschütteln bei Bobby. »Einzelgänger. Ich bezweifle, daß selbst Miß Silva viel über ihn weiß. Obwohl – sie hat vor nicht langer Zeit ziemlich genau die Summe von ihrem Guthaben abgehoben, die wenig später Liao Tu auf das seine eingezahlt hat. Eine Woche bevor Mrs. Ronaldo gefunden wurde.«

»Die Musik wird lauter«, machte ich ihn aufmerksam. Er sah mich ernst an. Meinte dann, ohne darauf einzugehen: »Nookis schriftlichen Bericht bekomme ich morgen. Aber er hat mir vorweg gesagt, Liao Tu ist nicht erst gestorben, als er unten aufschlug. Er starb vor dem Aufprall bereits. An einer Beschädigung der Luftröhre. Ähnliche Sache wie bei Tiger Wong. Nello hält es für einen sogenannten Fingerstoß. Mit straff gestreckten Fingern von vorn auf die Kehle ausgeführt. Kein Hieb wie wir ihn bei den Genickbrüchen konstatiert haben, die uns immer noch auf dem Tisch liegen. Nein, die drei und Mrs. Ronaldo deuten auf einen anderen Täter ...«

Er pausierte. Sah mich an. Erwartete, daß ich die Entdeckung kommentierte. Wir wußten beide, daß dieser Fingerstoß in Einrichtungen wie Tiger Wongs Studio gelehrt wurde. Es genügte verhältnismäßig wenig Kraft, auf solche Weise das Leben eines Gegners zu beenden. Als ich Bobby daran erinnerte, daß beim Tod von Tiger Wong Miß Silva zumindest in der Nähe gewesen war, nickte er, zum Zeichen, daß wir uns komplett verstanden hatten. Dann, nachdem wir beide einen Zug aus unseren Biergläsern genommen hatten, eröffnete er mir: »Gut, daß du darauf kommst. Nooki hatte noch eine andere Mitteilung. Die würde jeden Staatsanwalt in Jubel ausbrechen lassen. An Liao Tus Kehle, da wo ihn der Fingerstoß traf, fand sich der mikroskopisch winzige Splitter eines Fingernagels. Und daran der Rest eines Nagellacks. Nello ließ beides gleich analysieren. Der Nagel stammt von einem weiblichen Wesen. Der Lack ist von der Marke *Gemini*. Nobelprodukt. Produziert von der Firma *Aminah* in Los Angeles. Sehr dunkles Rot. Schon fast Schwarz. Sozusagen mit Schwarz verdunkeltes Rot. Modefarbe ...«

Ich kann nicht sagen, daß ich noch besonders überrascht gewesen wäre. Schon der erste ernsthafte Hinweis Bobbys hatte mich auf die einzig richtige Spur geholt. Jetzt gab es Beweise.

»Ist die Lady schon aus dem Hospital entlassen?« erkundigte ich mich.

Bobby schüttelte den Kopf. »Sie behandeln sie noch. Angeblich war der Schock nicht so kurzfristig auszuschlafen, wie Miß Silva zuerst annahm. Sie rechnen noch mit ein oder zwei Tagen.«

»Genug, um die Beweiskette zu schließen«, befand ich. Bobby wandte ein: »Ich weiß, was du kombinierst. Aber ich muß dich enttäuschen. Unter all dem Nagellack, den wir in der Wohnung von Miß Silva vorgefunden haben, ist keiner von der Firma *Aminah* in Los Angeles. Nicht mal nachgemachter Gemini.«

Ich konnte ihm ansehen, daß er sich wunderte, weil ich darauf nicht reagierte. Aber ich hatte plötzlich das Bild wieder vor Augen, das Miß Silva mir bot, als ich sie durch das Schaufenster des bereits geschlossenen Juwelenladens beobachtete, wie sie in ihrem gläsernen Büro saß, mit den Händen wedelnd, wie Frauen das eben tun, wenn sie vorher Lack auf die Fingernägel gepinselt haben. Und ich erinnerte mich, daß mir schon bei meinem ersten Zusammentreffen mit ihr die tiefrote, ins Schwärzliche übergehende Lackierung ihrer Schmuckkrallen aufgefallen war.

Ohne ihm das zu schildern, versprach ich Bobby wieder: »Ich liefere sie dir. Auf dem Tablett, wie angekündigt. Laß es mich machen. Misch dich nicht ein, bis ich dich wirklich brauche. Es ist eine Sache der Ehre für mich geworden, wenn du das verstehst ...«

Er grinste vergnügt. »Und ob ich das verstehe!« Doch dann wurde er ernst und mahnte mich: »Denk an ihre Hand! Sei auf der Hut. Sorge dafür, daß immer ein Tisch zwischen ihr und dir ist. Ein Fuß Luft zwischen ihr und deiner Kehle. Und – sag mir vorher Bescheid ...«

Nun grinste ich. »Keine Angst! Ich will nicht den Ruhm. Den lasse ich schon der Polizei. Ich will nur ...«

Als ich zögerte, vollendete er meinen nicht ausgesprochenen Gedanken: »Du willst Rache. Dafür, daß es ihr gelang, dich einzuwickeln. In Geschenkpapier. Ich gönne dir die Lady!«

Es war mitten auf der Queens Road, als Pipi neben mir plötzlich verlangte: »Fahr rechts ran! Bleib stehen!«

Ich hatte sie vom Dienst abgeholt, nach dem Treffen mit Bobby, und ich hatte ihr vorgeschlagen, daß wir morgen hinauf nach Kowloon ausfliegen sollten. An einen Ort, der für uns beide eine gewisse romantische Erinnerung barg. Da oben, im Westen von Kowloon, am Tai Lam Chung Reservoir, hatten wir uns vor Jahren zum ersten Mal gesehen. Beide hatten wir am selben Tag unabhängig voneinander denselben Gedanken gehabt, nämlich ein paar Stunden am Wasser zu faulenzen. Nachdem wir uns angefreundet hatten, sprachen wir nicht weiter darüber. Aber vergessen hatten wir es nicht.

Als ich den Toyota zum Stehen gebracht hatte und die Hälfte der Fahrer in den an uns vorbeiziehenden Fahrzeugen empört über mein Manöver mit den Zeigefinger an die Stirn tippten, fiel meine Freundin mir um den Hals und hauchte: »Weißt du, daß ich gerührt bin? Du denkst an den Tag, an dem wir uns da oben trafen! Und du nimmst dir sogar die Zeit, mit mir dorthin zu fahren!«

Ich gebe zu (aber nur Ihnen gegenüber!), ich hatte den Ort, an dem unsere Bekanntschaft begann, eigentlich eher spontan für den Ausflug gewählt, weil ich ihn als ruhig kannte. Logisch, daß ich dabei im Unterbewußtsein jenes erste Zusammentreffen im Kopf hatte. Aber daß es nun ausgerechnet das damalige Datum war, das hatte ich nicht berechnet. Das eröffnete mir jetzt Pipi. Und ich bezeichnete ihren Verdacht, daß es geplant gewesen war, natürlich sofort als richtig. Man kann ja eine solche Chance nicht ungenutzt verschenken! Also lächelte ich geschmeichelt und ließ mich küssen und loben, während ich tief innerlich Miß Silva in die Unterwelt wünschte. Bis ich dann wieder versuchen mußte, mich in die Schlange der Heimfahrer einzufädeln. Ein lebensgefährliches Unternehmen!

Auf der Dschunke brachte ich Pipi dann schonend bei, daß wir auf der Fahrt zum Tai Lam Chung Reservoir einen kurzen Stop auf der Nathan Road einzulegen hatten, wo es etwas zu erledigen galt, das mit Onkel Stans Auftrag zu tun hatte. Sie wendete überhaupt nichts dagegen ein. Und so rief ich schnell Bobby Hsiang an und verpflichtete ihn: »Schick morgen früh gegen neun Uhr einen Lehrling aus deinem Laden mit dem Wagen vor Ronaldos Juwelengeschäft. Soll auf mich warten. Wenn wir Glück haben, kann ich ihm den Beweis mitgeben, den du in der schönen Wohnung der noch schöneren Lady nicht gefunden hast ...«

Er war etwas verwundert, aber er sagte zu.

Die Namen der Angestellten hatte ich noch in Erinnerung, von meinem ersten Besuch her, als

Miß Silva sie mir vorstellte. Mister Wen Tse, der Senior, den die anderen respektvoll Lao Tse nannten, empfing mich am Eingang. Er deutete eine Verbeugung an, und als er erfuhr, Miß Silva gehe es schon besser, atmete er auf. Es sah ehrlich aus. Die beiden Damen blickten mir gespannt entgegen. Ihre Genesungswünsche an Miß Silva nahm ich mit dem Eindruck entgegen, daß sie ebenfalls ernst gemeint waren. Da die etwas Jüngere, Miß Fong, eine Kundin zu bedienen hatte, widmete sich mir die zweite, Mrs. Bruce. Ich erzählte ihr, daß Miß Silva ein wenig plötzlich ins Hospital hatte einziehen müssen. Gewisse kosmetische Alltagspflichten litten darunter. So etwa die Pflege ihrer Fingernägel.

»Sie bat mich, im Büro nachsehen zu lassen, ob sie ihren tiefroten Nagellack dort stehenließ. Wenn er zu finden ist, würde sie gern ...«

»Aber ja!« rief Mrs. Bruce spontan. »Gestern habe ich da drin aufgeräumt, da sah ich ihn stehen ...!«

Ich folgte ihr in den Glaskasten. Hinter den Schreibtisch, genau dahin, wo ich Miß Silva sitzen sah, mit den Händen wedelnd, setzte sich jetzt Mrs. Bruce. Zog die oberste Lade auf, machte: »Hu!«, sagte entschuldigend: »Vor dem Ding erschrecke ich immer!« und hielt mir ein Fläschchen hin. Nagellack der Marke *Gemini* von der Firma *Aminah* in Los Angeles.

»Danke«, sagte ich und steckte es ein. Fragte naiv: »Und davor erschrecken Sie?«

Sie schüttelte den Kopf, wobei ihre tadellose Frisur leicht ins Schwingen kam. Griff nochmals in die Lade und hielt mir eine kleine, aber trotzdem gefährlich aussehende Pistole hin, mit zwei Fingern gepackt, wie einen Holzbeißer, den man aus dem Fenster werfen will. Und just in diesem Augenblick krähte draußen im Geschäft Miß Fong: »Mrs. Bruce! Bitte! Würden Sie mir helfen, ich muß ...!« Der Rest ging unter, weil Mrs. Bruce murmelte: »Wird langsam Zeit, daß das Mädchen sich zurechtfindet!« Bevor sie hinauseilte, legte sie die kleine Pistole auf dem Schreibtisch ab.

Ich wartete, bis sie draußen neben Miß Fong an eine Vitrine trat und der Jüngeren beibrachte, wie das Sicherheitsschloß zu öffnen war, wenn ein Kunde etwas vorgelegt haben wollte. Da griff ich mir die Pistole. Israelisches Fabrikat. Einer Eingebung folgend, ließ ich das Magazin herausgleiten und schnippte die sechs Patronen frei. Steckte sie samt der siebenten, die bereits durchgeladen im Lauf steckte, in meine Tasche, zu dem Nagellack. Ich hatte die Waffe gerade wieder an ihren Platz gelegt, da kam Mrs. Bruce zurück und beförderte sie vorsichtig an ihren alten Platz in der Lade. Blieb mir nur noch übrig, der Dame Dank zu sagen. Sie winkte generös ab. Ich versicherte ihr noch, Miß Silva werde sicher bald in der Lage sein, das Hospital zu verlassen, und es sei unwahrscheinlich, daß sie bleibende Schäden davontrage. Dann verabschiedete ich mich.

»Na, siehst du«, sagte ich, als ich wieder zu Pipi in den Toyota stieg, »es ging schneller, als man bei einem Ampelstau weiterkommt!«

Sie war guter Laune. Es lag lange zurück, daß wir uns aufgerafft hatten, an einem freien Tag gemeinsam einen Ausflug zu unternehmen. Selbst als ein junger Mann an die Seitenscheibe klopfte, sich als »Lehrling« von Bobby vorstellte, und ich ihm den Nagellack in die Hand drückte, rührte sie das kaum. Sie bemerkte bloß lakonisch: »Womit sich Detektive so alles beschäftigen!«

Ich klärte sie auf: »Dieses kleine Fläschchen ist ein Beweismittel von Format. Einer Dame wird damit etwas nachgewiesen werden können, was ihr vermutlich zweimal ebenslänglich einbringt, wenn ich die Gesetze des Mutterlandes richtig im Kopf habe ...«

»Und wofür?« wollte sie wissen.

Ich hatte einem Haufen auf der Straße liegender Kartons auszuweichen. Eine Lastenrikscha war umgekippt. Als ich daran vorbei war, sagte ich: »Zwei Morde.«

Dann begannen wir darüber nachzudenken, wie der Name des Restaurants am Tai Lam Chung Reservoir gewesen war, in dem wir damals vereinbart hatten, uns wiederzusehen ...

◆

Zwei Tage waren vergangen. Die Erinnerung an Tai Lam Chung war noch frisch. Pipi erkundigte sich gerade, als wir vor dem Aufbruch am Morgen noch einen Tee auf der Dschunke tranken, ob ich sie von Arbeit abholen würde. Es gäbe wieder einmal die lästige Pflicht, etwas zum

Essen einzukaufen. Ich hatte schon genickt, da piepste das Handy. Bobby teilte mir mit: »Sie entlassen sie etwa gegen elf Uhr. Nach der letzten Durchsicht, die der Chefarzt vornimmt. Ich hatte dich so verstanden, daß du zuerst mit ihr reden willst – richtig?«

»Goldrichtig!« bestätigte ich. »Gegen elf sagst du? Dann werde ich sie abholen. Ich brauche eine Stunde mit ihr. Danach könnt ihr sie meinetwegen nach Samoa deportieren!«

Er versicherte mir ungerührt: »Ich werde in der Nähe sein. Die ganze Zeit. Übrigens – Stanley Haw wird in den nächsten Minuten hier eintreffen. Er will die Überführung der Leiche von Mrs. Ronaldo nach Macao in die Familiengruft veranlassen. Soll ich ihn grüßen?«

»Tu das«, trug ich ihm auf. »Kannst ihm sagen, heute werden wir die geistige Urheberschaft an dem Mord klären.«

Er machte: »Hm .» Dann fügte er an: »Ach so, ich vergaß das beinahe, der Nagellack ist positiv.«

Pipi hatte inzwischen ein Wallah Wallah herbeigewinkt. Jetzt zeigte sie mir ihre Armbanduhr, und tippte darauf, was soviel hieß wie daß ich mich beeilen sollte. Deshalb machte ich es mit Bobby kurz: »Ich bringe sie entweder in den Laden oder in die Wohnung!«

Wenn Bobby sich unsichtbar machen wollte, dann konnte er das. Aber als ich auf meinem Weg zum Hospital an Ronaldos Juwelenladen vorbeifuhr, hatte er sich so auffällig an den Straßenrand gestellt, daß er einfach nicht zu übersehen war. Er winkte mich an den Bordstein. Kletterte auf den Beifahrersitz und hielt sich nicht mit umständlichen Erklärungen auf, sondern klemmte mir einfach ein Mini-Mikrofon unter den Jackenaufschlag, klopfte auf einen Empfänger, den er in der Tasche trug und machte mich aufmerksam: »Für alle Fälle ... Sag was!«

Ich sprach ein paar Worte zur Probe. Es klappte.

Schon im Aussteigen begriffen, hielt Bobby mir noch die Hand hin und brummte grinsend: »Guten Morgen! Wörtlich zu nehmen!«

Ich hatte eine Freundlichkeit auf der Zunge, aber er war schon weg. Außerdem hupte hinter mir ein bis auf Tunnelhöhe beladener Kleinlaster mit Gemüse, weil ich vor der Einfahrt zu seinem Laden stand. So flitzte ich in die nächste Lücke und trat aufs Gas.

Die Lady wirkte, als käme sie geradewegs vom Kosmetiksalon, als sie am Eingang des Hospitals erschien. Ihr Haar umspülte in sanften Wellen den schöngeformten Kopf und gab dem Gesicht, das jeder Schreiber in einem Boulevardblatt ›lieblich‹ genannt hätte, genau den Rahmen, der seine Ebenmäßigkeit gebührend hervorhob. Um den Körper schmiegte sich ein weich fallendes Kostüm aus hellem, besticktem Kattun, wie er seit einigen Monaten zu Phantasiepreisen in Mode gebracht worden war. Miß Silva hatte genau das richtige Alter, um in einem solchen Luxuslappen wie eine englische Prinzessin zu wirken, die einen Milliardenscheich geheiratet hat und nun jedermanns Neugier zu erregen bestrebt ist. Nur daß sie nicht Tennis spielte oder auf dem Rennplatz Hüte spazieren trug, nein, sie praktizierte die Methode, eine Botschaft auszustrahlen, die etwa lautete: Bitte, schaut mich nicht an!, und genau das Gegenteil bezwecken sollte. Bemerkenswert, immerhin.

Ich hielt meine Gefühle bei der Begrüßung zurück. Machte die Entdeckung, daß mir das gar nicht sehr schwer fiel. Trotzdem blieb ich ausgesucht freundlich, wenngleich ich mir zwischendurch immer wieder vorstellte, wie ihr Gesicht wohl in einer Stunde aussehen würde.

Ja, sie freue sich so sehr, mich zu sehen. Und – es war schon ein schlimmes Erlebnis, die Sache mit diesem Überfall. War es Glück gewesen, daß der Mann sich zu Tode stürzte, bevor er mir Böses antun konnte? Selbst wenn ja, so belastete es doch ungemein. Auch heute noch, nach der Behandlung, war ja das Bild keinesfalls ausgelöscht, nein, nein! Man mußte sehen, wie man damit fertig werden konnte. Vielleicht dauerte das Jahre ... Der Springbrunnen plätscherte. Ich lieferte nur Stichworte. Mir war es ganz lieb, daß die Lady sich sozusagen selbst unterhielt. Zwischendurch erkundigte ich mich nur, wohin ich sie bringen könne. Sie entschied sich für das Geschäft: »Mußte es so lange allein lassen ... Wer weiß, wie die Kollegen da zurecht gekommen sind ...«

Von Bobby war nicht einmal ein Wölkchen Bastos-Qualm zu entdecken. Aber er würde jedes Wort mithören, die Gewißheit hatte ich. Diese Mikrofone waren leistungsfähig. Wir hatten sie in Hongkong neben den Japanern zuerst hergestellt. Sie waren tausendfach erprobt. In Europa und Amerika waren sie von der Polizei, lange bevor die Parlamente sie genehmigten, angewandt worden. Für unsere Fabrikanten eine so gut wie kostenlose Erprobungsphase. Jetzt hatten die Techniker sie so weit entwickelt, daß sie kaum noch übertroffen werden konnten. Die kleinsten von ihnen wurden heute schon unsichtbar in Frisuren eingearbeitet. Nicht von einem Haar zu unterscheiden. Das hatte dazu geführt, daß die Geheimdienste inzwischen ihre eigenen Frisöre ausbildeten. Da zeichneten sich eine Menge völlig neuer Berufschancen ab!

Ich hatte die vergangene Zeit genutzt, um all die verwirrenden Einzelheiten, die zu diesem Fall gehörten, endlich zu einem aussagefähigen Bild zusammenzupuzzeln. Und nun fuhr ich Miß Silva dorthin, wo ich ihr eröffnen würde, was ich über sie und ihre Aktivitäten wußte. Sie hatte mich unterschätzt. Was ich ihr nicht übelnahm. Aber dann hatte sie mich geärgert. Bei Leuten, die sich das erlaubten, sorgte ich dafür, daß sie sich später an ihre mangelhafte Menschenkenntnis erinnerten. Und an ihre Unverschämtheit. Daß sie sich an die von ihnen begangenen Straftaten erinnerten, dafür sorgte dann die Polizei.

Und weil ich gerade an die Polizei dachte, während Miß Silva mir davon erzählte, wie man sie immer wieder in heilsamen Schlaf versetzt hatte, richtete ich ihr einen Gruß von Inspektor Hsiang aus: »Das ist der Herr, der an jenem späten Abend, als Sie überfallen wurden, zum Tatort eilte. Von ihm habe ich erfahren, daß Sie geheilt sind. Heute sozusagen freigelassen werden ...!« Ich lachte sie verwegen an. Sie lachte mit. Ich rechnete mir aus, daß Bobby, der ja jetzt in sein Empfangsgerät lauschte, ebenfalls vergnügt lachen würde.

Dann waren wir am Geschäft in der Nathan Road angekommen. Bobby Hsiangs »Lehrling« verkaufte als Fliegender Händler nicht weit davon Glückwunschpostkarten mit ausgezogenen Mädchen und rief just als wir das Auto verließen aus: »Damen und Herren, was in ist, das ist eben in – jetzt sind es Glückwünsche auf der Basis nackter Tatsachen! Überraschen Sie Ihre Freunde mit der Botschaft unverhüllter Wahrheit! Sie werden daraus spüren ...«

Was da zu spüren wäre, bekam ich nicht mehr mit. Aber wenn der Bube noch eine Weile übte, würde er es bald mit dem kleinen Lum in Aberdeen aufnehmen können.

Niemand kümmerte sich um mich, nachdem ich mit Miß Silva den Laden betreten hatte. Die große Zeremonie des Begrüßens lief ausschließlich für sie ab. Ich hatte Zeit, mich in Richtung auf das gläserne Büro zu bewegen und leise in mein Mikrofon zu potten: »Hi, Bobby, schwer, eine Parklücke zu finden, wie?«

Dann kamen Kunden. Die beiden Frauen und Lao Tse hatten sich ihrer Arbeit zu widmen. Miß

Silva schwebte zu mir herüber und komplimentierte mich in ihr Glashaus: »Kommen Sie! Miß Fong bringt uns später, wenn wir wollen, einen Tee. Ach – es ist schön, wieder hier zu sein ...!«

Ich ließ mich vor ihrem Schreibtisch nieder. Das veranlaßte sie, sich mir gegenüber zu setzen, ganz so wie ich es geplant hatte, um relativ sicher gegen eine Blitzbewegung ihrer Hand zu sein, falls sie sich dazu hinreißen ließ. Und ich legte es sogleich auf einen schnellen Fortgang an. Sagte gezielt ironisch, an ihren Freudenausbruch anknüpfend: »Besonders schön, hier zu sein, weil Ihnen ja das alles hier nun gehört, oder?«

Das überraschte sie sichtlich. Aber sie faßte sich schnell. Wußte nicht, wie sie meine Bemerkung einordnen sollte und erkundigte sich hörbar pikiert: »Wie kann ich das verstehen, Mister Lim Tok?«

»Als Motiv für mindestens einen in Auftrag gegebenen Mord, einen selbstverübten und einen Totschlag, Madame.« Es war gezielt rüde gesagt.

Sie starrte mich an. Sprachlos. Ihre Augen wechselten den Ausdruck. Sie strahlten nicht mehr Freundlichkeit aus, keine sanfte Güte, sondern eisige Kälte. Als sie die zu einem schmalen Strich gewordenen Lippen öffnete, nach längerer Zeit, sagte sie mit gut gespielter Gelassenheit: »Ich überlege, was Sie zu dieser Frechheit veranlaßt ...«

»Ein Wunsch«, klärte ich sie auf.

»Wunsch?« Sie hatte sich gefangen, aber sie war mit der neuen Situation, in die ich sie gebracht hatte, immer noch nicht ganz fertig.

Ich nickte. »Ja, Wunsch. Ich möchte Ihnen, bevor die Polizei Sie festnimmt, erklären, warum das geschieht.«

»Die Polizei? Mich festnehmen?«

Ich gab mir Mühe, so freundlich wie möglich zu blicken, und in meine Stimme legte ich Wärme. Es machte mir geradezu Spaß, die Ratlosigkeit der Lady zu beobachten.

»Ja«, sagte ich. »Wollen Sie hören, weshalb man auf Sie gekommen ist?«

Sie musterte mich wie einen schmutzigen Lappen, bevor man ihn in den Container fallen läßt. »Ich überlege mir, ob ich Sie hinauswerfen lasse!«

Darauf riet ich ihr erheitert: »Ach, warten Sie ein bißchen damit. Zuerst Ihr Motiv und Ihre Heldentaten ...«

Ich merkte, wie ihre Hand zu der Lade des Schreibtisches ging und leicht daran zog. Sie griff nicht hinein. Wartete. Sah mich an. Mit dem Gesichtsausdruck von jemandem, der sich überlegt, was er von seinem Gegenüber noch alles zu erwarten hat. Ich genoß das. Ich hatte über das, was da geschehen war, lange genug nachgedacht, und war auf die Lösung gekommen. Obwohl die schöne Dame mich wahrlich gekonnt von der Wahrheit abgelenkt hatte. Jetzt holte ich aus: »Sehen Sie, Miß Silva, als das mit Mister Ronaldo passierte, kam Ihnen der Gedanke, wenn nun auch seine Witwe noch ein tödliches Mißgeschick treffen sollte, dann fiele nach dem Teilhabervertrag ja dieses ganze goldige Unternehmen, der gesamte Besitz Ihnen zu. Der Gedanke setzte sich fest. Ließ Ihnen keine Ruhe mehr. Veränderte Ihren Charakter. Und als Sie in Ihrem Karate-Kursus durch Zufall dahinter kamen, daß Tiger Wong Aufträge an Lohnkiller vermittelte, heuerten Sie über ihn Mister Liao Tu an. Er brach Mrs. Ronaldo das Genick. Das Geschäft gehörte von da an Ihnen ...«

»Sie sind verrückt!« rief sie. Ich lächelte sie an und versicherte ihr: »Wenn der Zorn Sie packt, sind Sie unwiderstehlich! Leider gab es einen Mann, der Mister Liao Tu beschreiben konnte. Den Parkplatzwächter. Sie erfuhren das von mir. Schickten Ihren Lohnkiller zum zweiten Mal los. Es klappte. Der Mann war ausgeschaltet. Die Gefahr beseitigt. Aber es erschien eine neue: Tiger Wong. Er war wohl etwas unersättlich. Ich vermute, er verlangte von Ihnen ein kleines Schweigegeld, weil Sie ja nun plötzlich reich geworden waren. Schließlich hatte er das Werkzeug vermittelt, das Ihren Wohlstand herbeiführte ...«

Ich machte eine Pause. Sie blickte mich gespannt an. Ungeduldig. So voller Zorn, daß sie wohl noch nicht daran dachte, nach der Pistole in der Schublade zu greifen. Aber sie war mit allen Sinnen bei der Sache. Etwas leiser forderte sie mich auf: »Machen Sie weiter mit Ihrer Story!«

»Es ist Ihre Story, Mylady! Aber gut. Tiger Wong starb. Der erste, der durch einen Karate-Stoß zu Tode kam, wie er gern Frauen gelehrt wird.« Ich hob meine Hand, die Finger ausgestreckt und demonstrierte es ihr. »Sie verstehen? Stoß. Mit gestreckten Fingern. Kein Schlag. Schnelligkeit, nicht Kraft. Liao Tu hieb Mrs. Ronaldo ins Genick. Mit der Handkante. Das können Männer besser. Frauen liegt der Fingerstoß ...«

Ihre Hand schlich in die Lade. Blieb dort. Ich tat, als merke ich es nicht. Fuhr fort: »Liao Tu schöpfte Verdacht. Weil er sich erinnerte, Sie vor Tiger Wongs Etablissement getroffen zu haben, nachdem er offenbar als Letzter mit ihm gesprochen hatte. Außerdem war er Ihr Lehrer gewesen. Brachte Ihnen den tödlichen Fingerstoß bei. Auch ein Mitwisser. Lästig. Sie schickten ihn auf den Kriegspfad, indem Sie ihm mitteilten, ich hätte seine Beschreibung und seinen Namen. Mich in Aberdeen ausfindig zu machen, schaffte er. Dort bekam er in meinem Büro erzählt, es gäbe eine schöne Frau, die sei dabei, der Polizei einiges zu verraten, um sich selber freizukaufen. An wen sollte er da denken, wenn nicht an Sie! Er stellte Sie zur Rede. Da modifizierten Sie die Machart. Ließen ihn in Ihrer Wohnung lauern. Und luden mich ein. Übrigbleiben sollte da nur einer. Für Sie. Gut ausgedacht. Sie hätten erzählen können, einer hätte Sie überfallen wollen, der andere verteidigen. Der letzte liege leider unten, den Angreifer hätten sie erschießen können. Er oder ich. Je nachdem ...«

Ich lächelte sie auf eine Weise an, die sie unwiderstehlich finden sollte. Aber ich wußte nicht, ob mir das wirklich gelang. In der Disziplin des Zopfstreichelns bringe ich es nicht immer zu Glanzleistungen.

Sie zischte durch die Zähne: »Sie dreckiger, schnüffelnder Hund! Ich werde ...«

Plötzlich war die Hand mit der Pistole auf dem Schreibtisch. Ich rief, auch für die Ohren Bobbys gedacht: »Oh, Halt! Warten Sie mit dem Schießen, bis ich Ihnen erzählt habe, daß Sie erneut umdisponieren mußten, nachdem ich nicht in Ihre Falle gegangen war. Sie wußten, es würde für Sie nur Sicherheit geben, wenn vor allem Liao Tu aus Ihrem Leben verschwand. So erledigten Sie zuerst ihn. Bot sich an, der Polizei zu erzählen, er habe Ihnen aufgelauert. Sie überraschten ihn. Mit Ihren gestreckten Fingern. Wie er selbst es Sie gelehrt hatte. Selbstverteidigung. Für mich mußten Sie sich etwas neues ausdenken. Ich sollte später drankommen.«

Kaum hörbar kam es von ihr: »Nicht später. Jetzt! Sie haben dieses Geschäft überfallen! Mich erpressen wollen ...!«

Ich warf ihr hin: »Wußten Sie übrigens, daß die Polizei an Liao Tus Kehle Partikel von dem Nagellack gefunden hat, mit dem Sie an dem Abend hier Ihre Finger versahen, während Sie darauf warteten, daß er mich erledigte? ›Gemini‹. Man hat die Flasche in Ihrem Schreibtisch da gefunden ...«

Sie stand auf. Pistole in der Hand. Ich konnte ein Lächeln nicht ganz unterdrücken, obwohl das bei Pistolen immer so eine Sache ist, auch wenn man glaubt, sie sind ungeladen. Der Teufel hat da manchmal seine Hand im Spiel. Als die Lady sich auf die Schmalseite des Schreibtisches zu bewegte, erhob auch ich mich. Wich nach der anderen Seite aus. Außer der Pistole mit dem hoffentlich noch leeren Magazin gab es ja immer noch ihre Finger und den mordsgefährlichen Stoß nach der Gurgel.

Ich achtete darauf, daß der Schreibtisch zwischen uns blieb. Wie Bobby es mir geraten hatte: eine Handbreit Luft!

»Ach, übrigens«, begann ich dann, um Bobby zu signalisieren, daß es Zeit war, das Ende der Veranstaltung einzuläuten, »bevor Sie mit dem Ding da auf mich schießen ... sind Sie sicher, daß es überhaupt geladen ist?«

»Es ist!« bellte sie.

Ich machte nur: »Aha!« Wenn das Mikrofon funktionierte, mußte Bobby inzwischen begriffen haben, daß er erscheinen sollte. Weil ich ungünstig stand und den Laden im Augenblick nicht übersehen konnte, gab ich ihm noch ein zusätzliches Signal, indem ich sagte: »Wenn Sie so freundlich wären, ein paar Sekunden mit dem Abdrücken zu warten, ich möchte Ihnen, bevor Sie mich ins Jenseits befördern, gern gestehen, daß ich Sie fast unwiderstehlich schön fand. Fast. Aber immerhin ... Ich werde auf meinen langen Weg ins Nichts die Gewißheit mitnehmen, ich wurde von der faszinierendsten Frau, der ich jemals begegnet bin, umgeschossen. Zielen Sie gut, damit ich nicht leiden muß ...«

Während ich das abspulte, hatte ich beobachten können, wie ihr Blick von mir in Richtung des Ladens ging. Wie etwas sie irritierte. Sie hörte nicht mehr konzentriert auf das, was ich plauderte, es gab da draußen etwas, das sie ablenkte.

Als hinter mir die Tür des Glashauses geöffnet wurde, sagte ich schnell in Richtung auf das Mikrofon: »Brauchst nicht schießen, Bobby, in dem Ding sind keine Patronen ...«

Sie blickte verwirrt auf die Waffe. Aber nur den Bruchteil einer Sekunde. Dann zielte sie an mir vorbei und zog durch. Nichts als ein metallisches Knacken war zu hören. Hinter mir sagte Bobby Hsiang wenig freundlich: »Aber, aber, Madame, war das etwa der Versuch, einen Polizisten zu erschießen?«

Er ging an mir vorbei und nahm ihr das kleine Mordwerkzeug ab. Miß Silva war so sehr im Schock, daß sie sich an die Waffe, die ihre Finger darstellten, offenbar nicht mehr erinnerte. Als Bobby ihr die Handschellen angelegt hatte, brach sie zusammen. Fiel um. Zitterte.

Aus dem Laden kam Miß Fong und sagte erschrocken: »Ach, ich habe ganz vergessen, den Tee ...«

Auch Mrs. Bruce und Lao Tse kamen. Begriffen nicht so recht, was da vor sich ging. Bobby wandte sich an sie. Sagte grinsend: »Lassen Sie sich von ihm da alles erklären ...« Er deutete auf mich. Steckte sich dann einen von seinen schwarzen Stinkern an und versicherte mir ungefragt durch eine Wolke grauen Qualms hindurch: »Wenn dich mal keiner mehr als Detektiv engagiert, kannst du mit deinem Talent immer noch als Geschichtenerzähler im Basar auftreten!«

An der Tür tauchte der ›Lehrling‹ auf. Schlich zu Miß Silva, der plötzlich alle Schönheit abhanden gekommen war. Erkundigte sich bei Bobby: »Soll ich sie rausschaffen, Chef?«

Bobby ordnete feierlich an: »Führen Sie sie dem Arm des Gesetzes zu, Assistent Ming!«

Mich forderte er halblaut auf: »Komm mit, leichtsinniger Held, ich habe drüben einen Bierausschank gesehen ... die haben Tsingtaoer ...«

Lao Tse hielt uns verdattert die Tür auf. Verbeugte sich feierlich und murmelte aus Versehen: »Wir begrüßen Sie sehr gern bald wieder bei uns ...!« Dann erschrak er. Griff sich verwirrt an den Kopf und schlug die Augen nieder. Was für ein Gesicht würde er machen, wenn Mister Blondel erschien, um hier die Story der Woche für sein Blatt zu recherchieren? Exklusiv, wie ich es ihm versprochen hatte!

Erst als Bobby und ich an der Bude unseren Durst mit dem inzwischen zur chinesischen Errungenschaft gewordenen Relikt aus der deutschen Kolonialepisode im Mutterland stillten, gestand ich meinem Freund, daß der Blick in die Pistolenmündung eigentlich gar nicht heldenmütig gewesen war, weil ich ja selbst heimlich die Patronen aus dem Schießeisen Miß Silvas entfernt hatte. Statt eines Kommentars verriet er mir, daß mich Onkel Stan erwartete. Mit einer Belohnung. Weil ich geholfen hatte, herauszufinden, wer an Mrs. Ronaldos Tod schuld war und warum. Und als ich dazu schwieg, verlangte er unverfroren: »Na, darauf könntest du ja eigentlich noch ein Tsingtaoer für uns bestellen. Freiwillig.«

Ich verkniff mir, ihm zu sagen, daß mir in diesem Augenblick ein paar unsterbliche Zeilen von Li Tai Pe einfielen, dem ewig berauschten

Dichter der alten Zeit. Jeder chinesische Trinker hat sie im Gedächtnis. Ich winkte dem Budiker, und während der eingoß, erinnerte ich mich still: »Laß uns die schönste Frau vergessen! Laß uns trunken die Nacht auf ewigen Flügeln durchsegeln ...«

Ich fühlte mich ziemlich traurig dabei.

DIE-Krimis: Gesamtverzeichnis

1	Abel, G. Manfred	Bankraub 12.55 h
2	Adamow, Arkadi	Kreise auf dem Wasser
3	Albrecht, Johannes	Lichtenberg, Bahnsteig E
4	Alex, Joe	Der Tod spricht in meinem Namen
5	Ambler, Eric	Die Maske des Dimitrios
6	Andras, Laszlo	Der Fall Laurentis
7	Andras, Laszlo	Tod am Donauufer
8	Arnau, Frank	Lautlos wie sein Schatten
9	Bahre, Jens	Der stumme Richter
10	Bartsch, Rudolf	Der Mann, der über den Hügel steigt
11	Berger, Karl Heinz	Die Spuren schrecken
12	Berger, Karl Heinz	Geschäftsrisiko
13	Berger, Karl Heinz	Getünchte Gräber
14	Berger, Karl Heinz	Premiere in N.
15	Berger, Karl Heinz	Sirenengesang
16	Berger, Karl Heinz	Verjährt, aber nicht vergessen
17	Berger, Karl Heinz	Wein für ehrenwerte Männer
18	Bruhova, Milena	Bin ich ein Mörder
19	Caspary, Vera	Die gefährliche Wahrheit
20	Debler, Paul	Mord nichts besonderes
21	Diksen, Bernd	Das Vorurteil
22	Diksen, Bernd	Der halbe Tod
23	Diksen, Bernd	Der Verlierer zahlt
24	Diksen, Bernd	Leere Hände
25	Edigey, Jerzy	Der Tod wartet vor dem Fenster
26	Edigey, Jerzy	Der Tote mit dem Schlüssel
27	Edigey, Jerzy	Mord nach Alphabet
28	Edigey, Jerzy	Urlaub in der Vorsaison
29	Eik, Jan	Der siebente Winter
30	Eik, Jan	Poesie ist kein Beweis
31	Erben, Vaclav	Der einsame tote Mann
32	Erben, Vaclav	Der Tod des talentierten Schusters
33	Erben, Vaclav	Ein Denar in Mädchenhand
34	Erler, Rainer	Fleisch
35	Erler, Rainer	Reise in eine strahlende Zukunft
36	Erpenbeck, Fritz	Der Fall Fatima
37	Erpenbeck, Fritz	Der Tote auf dem Thron
38	Erpenbeck, Fritz	Tödliche Bilanz
39	Gabriel, Gabriele	Schuldschein gegen Totenschein
40	Gosling, Paula	Mord im Concert
41	Hahnfeld, Ingrid	Schwarze Narren
42	Harkenthal, Gerhard	Lokaltermin
43	Hayes, Joseph	An einem Tag wie jeder andere

44	Henricks, Paul	Sieben Tage Frist für Schramm
45	Hey, Richard	Ein Mord am Lietzensee
46	Himes, Chester	Lauf, Nigger, lauf
47	Höpfner, Jürgen	Verhängnis vor Elysium
48	Holden, Anne	Wahrheit aus zweiter Hand
49	Joachim, Jacek	Die Jagd auf den Hecht
50	Johannsen, Christa	Die Schattenwand
51	Kacirkova, Eva	Ein verhängnisvoller Ausflug
52	Kacirkova, Eva	Eine Falle für die Katze
53	Karous, Antonin	Ziegelsplitt, so rot wie Blut
54	Kienast, Wolfgang	Das Ende einer Weihnachtsfeier
55	Kienast, Wolfgang	Das Risiko der Perfektion
56	Kienast, Wolfgang	Gillermanns Tod
57	Kolbergs, Andris	Drei Tage zum Nachdenken
58	-ky	Ein Toter führt Regie
59	-ky	Es reicht doch, wenn nur einer stirbt
60	Lacy, Ed	Geheimauftrag Harlem
61	Lüdemann, Hans-Ulrich	Das letzte Kabinettstück
62	Lüdemann, Hans-Ulrich	Tödliches Alibi
63	Mager, Hasso	Bartuschek ist nicht mehr da
64	Martin, Hansjörg	Der Kammgarnkiller
65	Martin, Louis	Mokka vor dem Mord
66	Martin, Louis	Die Nacht vor dem Urlaub
67	Mazzaro, Ed	Einer gegen Chikago
68	Mechtel, Hartmut	Auf offener Straße
69	Mechtel, Hartmut	Das geomantische Orakel
70	Methe, Hubertus u. Ruth	Filmriß
71	Möckel, Klaus	Drei Flaschen Tokaier
72	Möckel, Klaus	Haß
73	Möckel, Klaus	Variante Tramper/Die Damengang
74	Mohr, Steffen	Blumen von der Himmelswiese
75	Müller, Wolfgang	Kein Fall für Sie, Inspektor
76	Neuhaus, Barbara	Ich bitte nicht um Verzeihung
77	Neuhaus, Barbara	Tatmotiv Angst
78	Neuhaus, Barbara	26 Bahnsteige
79	Niebuhr, Walter	Liebe 79
80	Oriol, Laurence	Kurzschluß
81	Pfeiffer, Hans	Die eine Seite des Dreiecks
82	Pfeiffer, Hans	Tote Strombahnen
83	Pribsky, Vladimir	Verdächtigt wird Kamil
84	Prokop, Gert	Der Tod des Reporters
85	Prokop, Gert	Einer muß die Leiche sein
86	Rainow, Bogomil	Ein Mann aus der Vergangenheit
87	Rank, Heiner	Der bengalische Tiger
88	Rank, Heiner	Die letzte Zeugin
89	Rank, Heiner	Nebelnacht
90	Rendell, Ruth	Dämonen hinter Spitzenstores

91	Scherfling, Gerhard	Ein blondes Haar
92	Schmieder, Meike	Ich habe einen Mord gesehen
93	Schmieder, Meike	Nachtfrost
94	Schneider, Hans	Der letzte Fall
95	Schreiter, Helfried	Werfen Sie das Handtuch, Herr Staatsanwalt
96	Schreyer, Wolfgang	Unabwendbar
97	Schönau, Gert	Am Telefon der Chef
98	Siebe, Hans	Mord war nicht geplant
99	Slawtschew, Swetoslaw	Die Schlinge der Harpyien
100	Slawtschew, Swetoslaw	Im Zeichen des Skorpions
101	Slawtschew, Swetoslaw	Neun, die Zahl der Kobra
102	Steinberg, Werner	Der Hut des Kommissars
103	Steinberg, Werner	Ein Mann namens Nottrodt
104	Tecuceano, Horia	Wenn es sein muß: Doppelmord
105	Toelcke, Werner	Das Gesicht des Mörders
106	Toelcke, Werner	Die Chance
107	Toelcke, Werner	Töten ist so leicht
108	Wainer, Arkadi u.Boris	Medizin gegen die Angst
109	Wainer, Arkadi u.Boris	Uhren für Mr. Kelly
110	Weber, Karl Heinz	Der Fall Erika Groller
111	Weber, Karl Heinz	Illusion
112	Weber, Karl Heinz	Museumsräuber
113	Wendland, Martin	Mit falscher Münze
114	Werremeier, Friedhelm	Trimmel hält ein Plädoyer
115	Weshinow, Pawel	Das Geständnis
116	Wiesner, C. U.	Das Möwennest
117	Winnington, Alan	Herzversagen
118	Winnington, Alan	Ridley & Son
119	Wittgen, Tom	Das Nest
120	Wittgen, Tom	Das sanfte Mädchen
121	Wittgen, Tom	Das Schwarze-Peter-Spiel
122	Wittgen, Tom	Der Ziegenhirt/Die letzte S-Bahn
123	Wittgen, Tom	Der zweite Ring
124	Wittgen, Tom	Die falsche Madonna
125	Wittgen, Tom	Herbstzeitlose
126	Wittgen, Tom	Intimsphäre
127	Wittgen, Tom	Tiefenprüfung
128	Wolff, Detlef	Katenkampf und der rote Briefträger
129	Zlamany, Svatopluk	Kacenburger Sommer

Ausgaben, die ab März 1990 erschienen sind:

130	Wittgen, Tom	Nabobs Tochter
131	Müller, Jan	Mordgründe unter Männern
132	Eik, Jan	Dann eben Mord
133	Mechtel, Hartmut	Unter der Yacht
134	Erler, Rainer	Unsterblichkeit
135	Balke, Bärbel	Pas de deux in den Tod
136	Thürk, Harry	Der maskierte Buddha
137	Ruck, Robert	Rickys Messer
138	Hahnfeld, Ingrid	Die graue Dogge
139	Möckel, Klaus	Eine dicke Dame
140	Kolberg, Andris	Der tätowierte Mann
141	Evertier, Paul	Man stirbt nicht ungefragt
142	Eik, Jan	Wer nicht stirbt zur rechten Zeit
143	Erben, Václav	Maternas letzte Rolle
144	Toelcke, Werner	Die Operation
145	Bastian, Horst	Die Brut der schönen Seele
146	Martenson, Jan	Mord in Venedig
147	Schneider, Hans	Der Mauertänzer
148	Neuhaus, Barbara	Der letzte Schlüssel
149	Berger, Karl Heinz	Was ich weiß, macht mich heiß
150	Kleine, Dorothea	Rendezvous mit einem Mörder
151	Mechtel, Hartmut	Tod in Grau
152	Geeraerts, Jef	Double-face
153	Thürk, Harry	Die toten Masseusen von Kowloon
154	Alex, Joe	Ich sag euch, wie er starb
155	Adam, Max D.,	Yeti sei tot
156	Möckel, Klaus	Auftrag für eine Nacht
157	-ky	Mit dem Tod auf Du und Du
158	Schreyer, Wolfgang	Nebel
159	Wohlgemuth, Joachim	Blutiger Kies
160	Pfeiffer, Hans	Am Rande des Abgrunds
161	Thürk, Harry	Tod auf Tahiti
162	Neuhaus, Barbara	Wohl dem, der keine Erben hat
163	Mechtel, Hartmut	Der Todesstrudel
164	Beckmann, Mani	Die Kette
165	Krause, Hans-Ullrich	Mißbraucht
166	Martenson, Jan	Ein bildschöner Mord
167	Prokop, Gert	So blond, so schön, so tot
168	Wittgen, Tom	Tod im Regen
169	Wittgen, Tom	Pilotenspiel
170	Adam, Max	Stirb du für mich
171	Bauer, Heribert	Hänschen klein stirbt allein
172	Levy, Nathalie	Falscher Abgang
173	Mechtel, Hartmut	Der blanke Wahn
174	Schneider, Hans	Hexenjagd

175	Thürk, Harry	Die tätowierte Unschuld
176	Hablützel, Erna	Die toten Vögel
177	Möckel, Klaus	Gespensterschach
178	Meyer, Karen	Schmetterlingstod
179	Krause, Hans-Ullrich	Der Tausch
180	Seuren, Günter	Hundekehle
181	Adam, Max	Mörder und Gendarm
182	Meyer, Karen (Hrsg.)	Deutschland einig Mörderland (Anthologie 25 Jahre DIE-Reihe)
183	Kertesz, Akos	Haß hat seinen Preis
184	Thürk, Harry	Tuan Subutu läßt schießen
185	Kleine, Dorothea	Im Namen der Unschuld
186	Klingler, Eva	Tödlicher Stammbaum
187	Rudolph, Manfred	Old Smithy - Protokoll des Grauens
188	Flieger, Jan	Satans tötende Faust
189	Helmecke, Monika	Versprochen ist versprochen
190	Ampuero, Roberto	Der Schlüssel liegt in Bonn
191	Wohlgemuth, Joachim	Brandzone
192	Allen, John	Callgirls sterben jung
193	Neumann, Gerhard	Polnisches Gold
194	Kienast, Wolfgang	Mord und Spiele
195	Goyke/Frank, Schulz/Torsten	Daniels Strafe
196	Meyer, Karen (Hrg.)	Mord light
197	Johann, Gerhard	Seitensprung
198	Wohlgemuth, Joachim	Auf halbem Weg zum Glück
199	Rekel, Gerhard	Revanche
200	Thürk, Harry	Das letzte Aloha
201	Adam, Max	Mord für Mord
202	Bastian, Horst	Nicht jeden Tag ist Beerdigung
203	Flieger, Jan	Im Höllenfeuer stirbt man langsam
204	Kienast, Wolfgang	Einmal Bulle immer Bulle
205	Thürk, Harry	Schwarze Blüte – sanfter Tod
206	Ampuero, Roberto	Bolero in Havanna
207	Hastings, Howard	Die Braut des Shiva
208	Neumann, Gerhard	Mord total
209	Leonow, Nikolai	Moskau – München: Mord
210	Schrenk, Peter	Sangers Fluch
211	Mittmann, Wolfgang(Hrg.)	Rufen Sie die MUK!
212	Thürk, Harry	Hongkongs Leichen sind sehr tot
213	Lüdemann, Hans-Ulrich	Detektei Rote Socke
214	Prodöhl, Günter	Der Mörder war auf UKW zu hören
215	Thürk, Harry	Der Tod kam aus Shanghai
216	Erpenbeck, Fritz	Der betende Engel
217	Hombach, Dieter	Die Zahnfalle
218	Kleine, Dorothea	Paula, liebe Paula
219	Thürk, Harry	Mord mit zarter Hand
220	Goyke, Frank	Getreu bis in den Tod